孙了红侦探小说系列

博物院的秘密

孙了红　著

中国文史出版社

孙了红和他的侦探小说（代序）

从“东方亚森·罗苹”到“侠盗鲁平奇案”系列

民国时期的侦探小说创作，大致可以分为两条脉络：一是模仿福尔摩斯探案系列的“侦探＋助手”的基本组合（福尔摩斯＋华生），比如程小青的“霍桑探案”、陆澹庵的“李飞探案”、张天翼（无诤）的“徐常云探案”等等；二是对法国作家勒伯朗所创造的“侠盗”亚森·罗苹的形象与故事进行本土化移植与改造，比如张碧梧、吴克洲、何朴斋等人都创作过以“东方亚森·罗苹”为主角的侦探小说，而在第二条脉络中，成就最高也最为读者所知的就是孙了红和他的“侠盗鲁平奇案”系列。

孙了红是与程小青齐名的民国侦探小说作家，二人并称“一青一红”，早期所创作的侦探小说也分别被称为“东方福尔摩斯”系列与“东方亚森·罗苹”系列。侦探小说作为一种舶来小说，1896年才首次翻译进入中国，因此程小青与孙了红在二十世纪一二十年代首次执笔创作侦探小说时，可以说几乎是在面对一个全新的小说类型，其学习、借鉴与模仿的过程必不可少。但作为极具个人抱负与原创性的侦探小说作家，“一青一红”在熟悉了侦探小说创作的基本规律之后，就各自开始尝试突破西方侦探小说的框架模式，而在自己的侦探小说作品中加入越来越多的中国本土化元素以及作者个人的才情与风格。

孙了红从早期“学步”勒伯朗到后来试图加强小说原创性的转折点大概是1925年发表于《红玫瑰》杂志第二卷第十一期上的小说《恐怖而有兴味的一夜》。孙了红在这篇小说中虚构了一个自称“鲁平”的蒙面黑衣人深夜里来找自己，并且向自己严肃“发令”说：“凡我将来造成的案子，你笔述起来标题只许写‘鲁平奇案’或‘鲁平逸事’，却不许写‘东方亚森·罗苹’等字样，因为我不愿用这种拾人唾余的名字。”之后孙了红的“鲁平”系列小说就都取名“侠盗鲁平奇案”，而非此前的“东方亚森·罗苹案”了。可见虽然他所塑造的鲁平名字分明还是取自亚森·罗苹的谐音，但他已经明显是在不断朝着本土化的方向而努力，力图创造出一个专属于他自己的侠盗与名侦探形象。当时的编辑赵苕狂在文前小序中也说："这是第一篇，可算是他最近对于鲁平探案的一种宣言，也可算得是鲁平将要把东方亚森·罗苹的名号取消以前的一种宣言。"

神秘的"红领带"与流行文化元素

孙了红笔下的"侠盗鲁平"性格鲜明，形象突出，行为方式也是颇有个性：他自称"侠盗"，有着绝对醒目和与众不同的"商标"——永远打着鲜红的领带，左耳廓上有一颗鲜红如血的红痣，左手戴着一枚奇特的鲤鱼形大指环，酷爱抽土耳其香烟。但他同时又让人难以捉摸——他行踪不定，有着至少一百个名号，又有着高超无比的乔装易容手段，在江湖上被称为神秘莫测的"第十大行星"。鲁平既有着鲜明的形象定位，又在每一个故事中以不同的形象、姓名和方式登场（通过乔装打扮、改名换姓，甚至易容术），这个人物因此在读者心中有着足够的辨识度，同时又不失充分的吸引力。而鲁平亦正亦邪的为人风格，对于道德法律"随心所欲不逾矩"的行为处事方式也都颇得市民阶层读者的喜爱。

另一方面，孙了红的侦探小说还特别注重对于悬疑乃至恐怖氛围的塑造，这也正是孙了红小说中颇为引人入胜的地方：无论是《鬼手》中半夜伸向睡熟人的脖颈的那只冰冷的“鬼手”，还是《血纸人》中剖腹挖心的惨案、怨气冲天的哀嚎以及随着一阵焦枯味而出现的浸满了鲜血的“血纸人”，抑或是《三十三号屋》在房间里只留下一声惨叫便神秘失踪的男子及女子……从情节悬念迭生、阅读紧张感营造和阅读欲望刺激等方面来看，这些情节或描写都堪称典范，让人读起来兴味十足。

此外，孙了红在“侠盗鲁平奇案”系列小说中还颇善于借助当时最新潮、流行的电影文化来增强其小说的趣味性。电影在孙了红的小说里甚至常常成为故事的情节元素或内容组成。比如《鬼手》中男女主人公一起去看了一场外国电影*Mummy's Hand*，这是小说第一次提到“僵尸之手”或“鬼手”，并成为整个故事的源头，引发情绪的波动，继而拉开小说的序幕；又如《血纸人》中提到的电影《再世复仇记》既增强了小说悬疑惊悚的故事氛围，又对小说善恶终有报的主题进行了巧妙的结构性和主题式隐喻；在《三十三号屋》中，在一男一女先后在屋中离奇消失后，报纸上很快便刊登出了关于这一案件的报道，作者此时说道：“这篇文字，比一张侦探影片的说明书，写得更为动人。于是，这前后两天的事件，更加吸引起了群众的注意”；同样是小说《三十三号屋》，鲁平发现对面阳台上摆出了一张精美纸板，上面画着七个小矮人围着白雪公主的图案，“原来，在这时期内，本埠的大小各电影院，正先后放映着那位华德狄斯耐的卡通新作‘白雪公主’”；而在小说《乌鸦之画》的开篇，某公司地下餐饮部的一群年轻女服务员对鲁平究竟像劳勃脱杨、乔治赖甫德还是贝锡赖斯朋展开争论，她们既拿当时最流行最当红的好莱坞小生和鲁平做比较，还时时不忘用眼神与话语和鲁平调情，鲁平也经常向她们做出电影银幕上常见的“飞吻”手势。二十世纪三四十年代，大量西方电影，尤其是好莱坞电影涌入中国，从当时的报刊广告中我们可以发现，在小说发表时，《白雪公主》、《再世复仇记》、*Mummy's Hand* 都是刚刚上映不久的动画片或恐怖片，是最为新潮流行的文化元素和街头巷尾的热门话题。不难想象看过这些电影的观众们在小说里重新读到与之有关的情节时所感受到的那种亲切感和趣味性。

亭子间与咯血症的焦虑

孙了红的“侠盗鲁平奇案”绝对称得上是二十世纪四十年代上海最受读者欢迎的侦探小说系列。他在《大侦探》杂志上连载的《蓝色响尾蛇》甚至因为过于畅销，导致杂志加印之后仍然售罄，因而只能重新刊登第一次发表的内容以满足购买不到当期杂志读者的阅读需求，这在中国杂志发展史上也是很少见的现象。(《大侦探》第十五期在正常连载《蓝色响尾蛇》第二十一、二十二节时，又重新刊载了小说的第一至五节，并在文前说明了如此为之的原因：“本篇小说于第八期起刊登，承读者不弃，该期于一周内全数销罄；乃于前月间再印四千册，至月底又告售完，而补书函件仍如雪片飞来。本刊发行人为接受多数读者之请，于本期重复刊登一次，俾未补得第八期之读者，仍可窥得本篇小说全貌。”)

但身为“畅销作家”的孙了红，生活经济状况却并不如意。一方面，他身居“亭子间”陋室，室内也近乎是家徒四壁：

他那间兼充卧室、病室、休息室，偶然间还权充一下膳室、客室、会议室的万能宝屋，式样很像一个亭子间。不过它的位置却并不在晒台之下，也不在晒台之上，而是相反地在五开间两厢的一个西厢的中部的上面。

……

书室，这一个名称是最适当也没有的了！室中无长物，除了一榻、一案、木椅数事之外，所有的无非是书。此外还有厚厚的一叠书的候补者——稿纸。(杨真如：《黄蜂窠下：记“侠盗鲁平奇案”作者孙了红之居》，《万象》第二卷第五期，1942 年)

另一方面，孙了红在日常生活里有着对于香烟和茶叶的小爱好，但却因为“贫穷”而常常不能“尽兴”满足：

烟的名称和品质，是随时间的不同而有所变迁的。大抵在平常休息的时候，用的是普通品；在写稿而微感疲劳的时候，品质便要提高些；如其感到过分的疲劳，或者在一天工作结算的时候，那便要尤其高贵些。茶，据说以前也是很考究的；现在物价实在太昂贵了，不得不将就些，不过在普通之中仍不能不认为是属于比较上等的一路。（同上）

由此，我们似乎就可以进一步理解小说中烟不离手的鲁平，为什么只是吸一些在当时低等而廉价的土耳其纸烟了。

孙了红生活状况的窘困在其患咯血症住院后彻底暴露了出来：

孙了红先生因患咯血症，已由鄙人送之入广慈医院疗治，除第一个月医药费由鄙人负担外，以后苦无所出，甚望爱好了红先生作品的读者们能酌量捐助，则以后了红先生或犹能继续写作。（陈蝶衣：《编辑室》，《万象》第一卷第四期，1942年）

由于付不起住院费和医药费，《万象》杂志主编陈蝶衣自掏腰包，资助孙了红治病，并借助《万象》的平台，发起了一场非常感人的读者筹款募捐活动。而这种种生活窘境，都与孙了红笔下充满魅力的侠盗鲁平形象，以及其小说的畅销，构成了深刻的反讽。而孙了红的个人遭遇，无疑也是抗战时期生活在作为“孤岛”以及“沦陷区”的上海的中国作家们艰难处境的一个缩影。

最后，特别值得一提的是，作为一名有着较高艺术追求与自我要求的作家，孙了红一直在不断修改、打磨，甚至重写自己的作品，比如《木偶的戏剧》（1943 年）是《傀儡剧》（1923 年）的修改本，《囤鱼肝油者》（1944 年）则脱胎于《燕尾须》（1925 年），而《博物院的秘密》（1945 年）是由《白熊》（1924 年）经大幅度修订、完善而成。本套“孙了红侦探小说系列”主要收录孙了红改定后的小说篇目和版本，因而更能体现出孙了红侦探小说创作上最为成熟和完善的一面。

战玉冰　复旦大学中文系

2020 年 12 月 11 日作于上海

目录

/001/
眼镜会
/019/
血纸人
/141/
博物院的秘密
/199/
乌鸦之画

眼镜会

讲到这眼镜会的缘起，委实可发一噱。

最初有几个珠宝商人为联络同业的感情起见，择定每星期六举行聚餐会一次。与会的人依着次序轮流做东道。

有一次，内中一个珠宝商在席间忽向同业夸口起来，他说无论什么珠宝钻石，一进了他的手，东西是真是假，不消用别的方法试验，只消靠他一双尖锐的眼珠，已是万无一失。他还自信说诸人的眼力绝没有一个能够及得他的。当时有人不服他这种自大的话便和他争论起来。但是双方各执一词却也争不出什么结果来。

于是主人就出来调停道："你们空口说白话，即使争到天亮，旁观的人也评判不出谁长谁短，不如等到下一次聚餐，每人都带些货物出来，大家交换验看，当场辨别真假。如此一来，可以考察出同业之中到底谁的眼光最为准确；二来在座诸人也好借此增长一种经验，省得遇见假货时再上人家的当。”当时众人都很赞成这种提议，两边的争端总算也暂告结束。

到了第二星期聚餐时，众人果然都带着几种真假掺杂的珠宝，预备当众互试，要看看同业中究竟谁的眼力最高。但是吃珠宝饭的人，毕竟人人都有些眼光的，辨别这种东西宛比家常便饭，结果到底谁也蒙混不了谁，仍旧分别不出谁的眼光强谁的眼光弱。

于是又有人创议道：“像今天这种眼力试验方法既简单，而且又没有兴味，不如等到再下一次聚餐时，每人都备下一副同样大小的深色眼镜，到时大家戴上，倘有人能从这深色的眼镜光里辨别出珠宝的真假来，公众便承认他目力最强……”

说这话的人也不过一时高兴说说罢了，不防众人竟很赞可这种办法，并以为这种办法是新颖有味的，大家都主张实行。后来又由众人议定，眼镜玻璃片一致须用深绿色。

下届聚餐会的主人恰巧轮到一个五十多岁的老珠宝商。那人名唤徐慕陶，黑苍苍的面庞，颔下带些微髭。这一回聚餐的地点就在他自己家里。当晚七点钟以后，众人已陆续到齐，人人都如约戴着一副挺大的绿色眼镜。

这种怪状被旁观者看见了自然觉得滑稽可笑，至于他们自己眼睛里望出来，又觉得事事物物都成了深绿色，仿佛走进了绿天深处。大家你看看我，我看看你，不免互相发噱。

其时众人走进这常到的小花厅里，只见里边一只很大的圆台面上已摆好一席酒菜，只是主人刚刚入内，还未出来。好在众人熟不拘礼，便都随意坐定，一壁开始谈起话来。内中有一个叫作赵纪秋的，乃是很漂亮的西装少年。此人乃是白面庞，高鼻梁，平时戴着一副玳瑁边眼镜。人家都说他的模样儿很有些像那银幕上的笑匠罗克。今天他虽换了副深绿眼镜却还不甚难看。此时他笑微微地首先开口道："诸位，我们在这里安坐谈笑，但是有许多劳农神圣未免要一声声叹冷气了，你们知道不知道？"

众人不明这话，大家都诧异道："我们管我们在这里谈笑，干农夫什么事？为什么要累他们叹气呢？"

纪秋笑道："你们真不知道吗？试想今天牛棚里逃掉这许多牛，农夫们哪得不叹气呢？"

众人一听方知他的话是从眼镜上发生的，大家不免一阵哗笑。不防笑声中有一个叫作李仁的，就是上两星期聚餐时当众夸口的那人，冷冷地发话道："你们笑些什么，纪秋的话实在没有发笑的价值呀，我们都是好好的人为什么要自比为牛呢?”

大家素知李仁是个骄傲而又古板的人物，又见他说话时露着一副正经的面孔，笑声便渐渐收敛起来了。单有一个名唤路弼恩的人，生性最躁急，听李仁说出这种扫兴的话来，忍不住接口道:“纪秋所说的话本不过是一种笑话而已，李君何必如此认真?并且我的意思觉得人类在社会上整日价忙忙碌碌，扰扰攘攘，毫无安闲的时候，好比有人执着鞭无形中驱使着。这么看来，人类和牛类简直也没有多么大的区别啊!还有一部分蛮不讲理的人，满身蠢俗，居然还要庞然自大，这种人更像是一头蛮牛咧!”路弼恩说着这话，一半在那里发牢骚，一半却含有讥讽李仁的意味。

这时坐在路弼恩旁侧的杨国栋，为人是很和平的，他恐怕弼恩和李仁言语不合，又要发生冲突，便用话岔开他们道:“今天的聚餐会人人都戴着一色的眼镜，委实有趣极了，何不就取个名目叫作‘眼镜会’?这个名目比那些双摇会啊，单刀会啊，庵堂相会啊，比较的实在别致啊。”众人听杨国栋引证出这许多不伦不类的会名来，不禁又都扬声大笑。在这第二次笑声方纵时，只见主人徐慕陶已伛偻着背，从间壁休息室里走将出来，手里还拿着一叠纸片。众人忙含笑招呼他入座。

一会儿仆役已送上菜肴。酒过数巡，慕陶含笑道:

“你们今天大概都带了许多好东西来了，是不是……”

弼恩抢着道：“是啊，我带的是一串精圆珠子，总共一百颗，内中有五十一颗真的，另外四十九颗是假的，李仁先生他自信眼光最高，因此我特地带来请他逐一把真假鉴别出来。如若区别得一点不错，我情愿当场服输，就请慕翁做个公证人。”

李仁也道：“我身畔也带着两颗七克拉的钻石，却是别人的东西。有人说两颗都是真的，有人说两颗全是假的，也有人说是一真一假，到底如何，我自己实在识不透，因此想请诸位赏鉴一下。不过诸位看不出这两颗钻石的真假时，应当如何议罚，倒非要预先说明一句不可……”

接着，众人也都说身畔带有难辨真假的东西，一边说，一边便争先向衣袋里摸索。慕陶笑道：“诸位别性急，别性急，且静静地听我一言。今天诸位要互试眼力，无非是一种意气，不过珠钻的真假是完全要从光彩色泽上分别的，现在你们既戴上一副深绿的眼镜，请教这光彩色泽何从辨别？上星期一时高兴，连我都没有想到这一层啊。”

众人一听，觉得慕陶的话说得很对，一时倒回答不出。停了停，弼恩向慕陶道：“依你便怎么样？”

慕陶道：“依我说，从深绿眼镜里辨别珠宝，实在太难，不如换一个办法。”

众人忙问什么办法。慕陶道：“我刚才进去了半天，已拣出好几张水彩画来，画的颜色很好，而且是很复杂的，我想就把这些东西当作试验品吧。”

众人又问如何试验法。慕陶道：“我把一张画高举在手里，你们距离五尺以外，把画上所用的颜色一样一样细细说出来，说得不错由大家共贺一杯，倘是说错了，却得罚酒三大盅，我还要拉着他耳朵教他装三声狗叫。这样依着次序，每人试验一次，诸位以为如何？”

众人一听都拍手说这玩意儿新奇有趣。唯有李仁刚才被人家硬派作牛类，已是不悦，此刻又弄出狗叫来了，自然更不愿意，可是不能违拗众人的意思，只好勉强答应。

第一个试验者恰巧临到了他，众人都笑道：“别聒噪，别聒噪，且听这第一只狗的嗓音如何。”李仁一看，慕陶手里拿着一张画，上面画着一朵牡丹，另外有几瓣叶儿，颜色淡得很，距离又远，从这绿色眼镜里望出来，觉得模模糊糊的，实在瞧不清楚是红的还是绿的。众人却又催着他快说，李仁没法，只好胡乱猜道：“花是淡红的，叶是淡绿的。”

慕陶狂笑道：“好好好，亏你还要自命为目光锐利，连这著名的绿牡丹都不认识？你拿去自己瞧吧。这回子狗叫是叫定的了。”

李仁接过那张画片，去掉眼镜一看，见画上的牡丹是绿的，叶是红的，和自己所猜恰巧相反，方知是慕陶特地弄的狡狯，自己上了当了。

李仁满脸丧沮地道：“这回我已输了，情愿喝三盅酒，装三声狗叫。不过却有一个要求，这劳什子的绿眼镜，架在鼻上，弄得头昏脑涨的，难受极了，横竖我已试验过了，不要再戴上去吧。”

慕陶道：“不行不行，装了狗叫，非要戴上眼镜不可，否则也不成其为四眼狗了。”这一句话，又引得阖座哄然大笑起来。

李仁履行过罚条，第二个临到路弼恩了。弼恩为人比较李仁机警，他见慕陶手里那张画画着一只鹦鹉，从眼镜里望出来颜色却也瞧不清楚。弼恩暗忖道：“鹦鹉本来是绿身红嘴的，但这一张画必又和普通的相反。”于是毫不迟疑地说道：“画上的鹦鹉，乃是红身体绿嘴喙。”

弼恩说毕，露着得意的神色，以为自己一定说得很对。谁知慕陶却道：“又错了，又错了，准备喝酒装狗叫吧！弼恩，你太聪敏了，也上了当咧！”原来这只鹦鹉正是绿身红嘴，和普通的画一样设色的。弼恩没法，只得认输照样喝酒三大盅，并由慕陶拉着他耳朵装狗叫三声。

如此席面上的人一个个轮流做去，画片也逐一更换，但是猜得对的人很少，猜不中的十居六七。弄到后来，人人都有了几分酒意，许多绿眼镜配上许多红面孔，分外觉得好看，众人的兴致也分外觉得浓烈了。这时杨国栋向慕陶道："你想了这种法儿出来，要人家罚酒，罚做狗叫，你自己又该怎么样呢？"众人听国栋如此说着，便也随声附和起来。

慕陶正待回答，蓦地有一个仆役很忽忙地走进来，背后跟着个穿制服的巡官。众人不知是什么事，不觉都一呆。慕陶向那巡官一看，正色道："有什么事？"那巡官却把席面上的众人巡视了一周，接着满脸显出诡异而又恐怖的神色嗫嚅道："请……请原谅，我要查一查鲁……鲁……"慕陶道："鲁什么？"那巡官道："鲁平在此地……"那巡官说到"鲁平"二字时，语音很低，众人没有听清楚。慕陶一顿道："什么！鲁平在此地吗？"巡官道："是啊，刚才有人打电话到警署中来告密，说鲁平假装了你们的同业，混在这里聚餐，这席面上九个人中必有一个是那巨盗的化身。"巡官一边和主人慕陶说话，一边目光闪烁不住地环视着众人。众人此时已听得很明白，不约而同地喊了声"哎哟"，接着便面面相觑，鸦雀无声了。

室中静寂了一会儿，还是杨国栋稍有主见，霍地立起身来，问那巡官道：“鲁平今天穿的是什么服色，你知道不知道?”那巡官正自细细地向赵纪秋打量着，见问，便回过头来低声道：“告密的人说鲁平今天穿的是极漂亮的洋装。”巡官说毕，慕陶与众人的视线不禁都集中到赵纪秋、路弼恩与杨国栋三人身上来了。原来这三人恰巧都穿着很入时的西装。三人之中，路弼恩的举动言语最局促，愈加引起人家的注意。赵纪秋的态度却还镇静，但是镇静过度，未免也令人怀疑。

在这一刹那，屋子中已充满着恐慌与鬼祟的空气，觉得人人都有可疑之点，人人都弄得震慑不安。众人中除了杨、赵、路三个嫌疑者余外，又都交头接耳窃窃私议起来，唯有主人徐慕陶却低着头，呆呆地立在那里发怔，一句话都说不出来。如此过了片晌，那巡官忽发出严肃之声说道：“诸君你们何不去掉眼镜?大家把面貌辨认一下，看谁的面庞可疑，那人便是鲁平。鲁平的化装术虽然精巧，终不能混充天天见面的熟人呀!”一句话提醒了众人，忙都如言去了眼镜。

大家揉着醉眼，你看看我，我看看你，结果觉得个个都像鲁平，又个个不是鲁平。其时路弼恩把众人面部凝视了一回，忽地狂笑道：“得了，我们这席面上都是时常聚首的人，面长面短就是烧了灰也还认识，里边哪里有什么鲁平呢?”路弼恩一语未完，只见杨国栋痴望着他，面色大变，额上凝成许多汗珠，陡地倒退了几步指着他大喊道：“快……快拿下他，此人正是鲁平化装的，你们不见他两只耳朵上各有一颗红痣吗?”众人仔细一看路弼恩的两耳，果然有两颗细小的红点。于是大家似惊似讶地高喊一声，有的想脱逃，有的想冒险上前捕捉。

正乱着，只见李仁乱摇着双手道：“别乱别乱，事情真奇怪极了，你们以为耳朵上有了红点就是鲁平吗？我自从一听得说起鲁平混在此地，就注意到各人的耳朵，谁知纪秋、国栋等，人人耳上都有这同样的东西，不仅是弼恩一人如此啊，你们不信仔细看就是了。”众人留神看时，方知李仁的话并不是乱说。这一来弄得众人更觉狐疑满腹，口口声声说不可思议。

那巡官道：“无论如何，你们众人中必有一个是鲁平假冒的，难道凭这许多人的眼力竟看不出破绽来吗？依我的意思，不如把众人的衣袋检查一下，因为鲁平此来目的无非是抢劫，既来抢劫，身畔必定带有凶器，倘能检查出来，事情不是明白了吗?”巡官说完，有的说这个办法很好，有的说鲁平盗劫财物，素来以智取而不以力夺的，他身畔绝没有凶器，检查众人衣袋恐怕也无济于事。

赵纪秋道：“提起衣袋，我倒联想到一件事了。今天我们的聚餐不同往日，人人袋里都藏着珍品，照现在这种情形看起来，实在可危极了。幸喜我所带的全是假货，无非想和诸位开开玩笑而已，就被鲁平抢去，也不值什么，可是带着真货的倒要留神些咧！”

众人听纪秋说出这种话来，格外加了一重恐慌，一边又懊悔着不该因一时的意气，把许多价值很贵的东西冒险带在身畔，于是都和巡官商议，想要把袋里的东西一起交给他，托他暂送到警署中去保管，省得弄出事来。巡官皱眉道：“不行，我出去时，万一鲁平潜尾着我，我可担待不了这种风险。”众人觉得不错，又想起自己稍待也要回去的，东西带在身上难保鲁平不紧追在背后，那时却用什么方法去对付呢？

众人越想越怕，于是又和主人商议，要求他把东西藏放一下，等明天饬人取回，这么一来，比较今夜带回去妥当得多了。主人徐慕陶半天吓得默不则声，只是低着头在那里战栗，听众人要他藏放东西，急忙拒绝道：“我……我万万负担不了，我万万负担不了。”众人再三要求道：“你家里不是有一座铁箱吗？把东西藏在铁箱中，鲁平本领虽大，却也奈何不了。”慕陶摇头道：“不行，鲁平眼睛里看着这种铁箱，好比是冥器店里的出品罢了，中什么用？你们不听得许多银行中的抢劫案吗？那边保存钱物的所在，比较我家里总可靠些，然而也防不了鲁平，何况……”众人道：“银行中遭鲁平抢劫，是出其不意的事，今天我们知道鲁平在这里，随时随地防备着他，估量他也没有什么诡计可以施展出来咧……”慕陶被众人逼得没法，只好勉强答应。于是取出一方手帕来，把众人的东西一起裹在这手帕中，准备去藏入铁箱。一边又向那巡官说，等他回局时，务要多派几名警士来帮同保护。

正说着，忽听得一种断断续续的怪声浪从间壁休息室里一阵阵发出来，众人此时好似惊弓之鸟，顿时又相顾失色。主人徐慕陶到底是在自己家里，恐怕出了岔子，忙分开众人，首先把休息室的门一推，抢将进去。那巡官退退缩缩的，想要不进去，但众人却都瞧着他，不得已也进了休息室。接着众人跟在巡官背后，一拥而入。四下里看时，见并无变动，不过靠街的两扇窗已开得笔直。

众人细听这怪声是从一只极大的沙发底下发出来的，似乎是病人的呻吟，急忙抬起沙发一看，不禁齐声叫苦。原来这人正是第一个进来的徐慕陶，嘴上扎着块大手帕。忙着帮他解下来，手帕上还留些麻醉药的气味。杨国栋诧异道：“慕陶比我们先进此室至多不过一分钟，任是鲁平手段迅速，也万万来不及闷倒了人抢了东西脱逃呀！”路弼恩很懊丧地说道：“来得及也罢，来不及也罢，总之我们的东西怎么样了，这是最要紧的问题。”说着便向慕陶道："裹在你手帕里的东西呢？"慕陶神志还未清醒，见问，却举着一双毫无精神的眼珠，很无意识地望了众人一眼，含糊道："什么啊，什么啊？"众人又催他道："刚才交给你的东西，裹在手帕里的，怎么样了？被鲁平抢去没有？"慕陶一怔，双手握拳跳起来道："什么……什么东西？谁交给我的呢？"众人一听慕陶的话，真觉得莫名其妙。

杨国栋便问慕陶道："你怎么会弄到沙发底下去的呢？"慕陶道："我自己也不知道啊……只记得我吩咐仆役摆好了席面，就向你们告了罪，走进此室，进来做什么却也想不起了。谁知室中已先有一人在着，那人的衣服面貌和我很像。我正要问他什么事，猛不防那人竟很迅捷地跳到我前面来，把一种东西向我鼻上掩，便觉有一种异样的气息刺入鼻官，同时就迷惘起来，以后如何一点不知道啊。什么东西不东西呢？……"

慕陶说完，赵纪秋咆哮道："完了完了，依你说来，你在未入席以前已中了麻醉药，那么刚才打这里走到花厅中去的正是鲁平冒充的假慕陶，此时必定是越窗而走了。"李仁嚷道："怪不得路、杨、赵众人耳朵上都有红痣，原来这猾贼拉着人家耳朵罚人家装狗叫时，把手指上涂的一种颜色印在人家耳上，以致人人耳上都有两颗红痣咧……"李仁说到这里，向众人望望，面上露出奇异之色，忽又吞吞吐吐不说下去了。

路翢恩问李仁道：“那假慕陶把红颜色印在人家耳朵上，有什么作用呢？”李仁道：“你真傻极了，他的用意无非要使人家自相惊怪，然后好等人家把带来的珠钻交给他啊！”翢恩顿足道：“对了对了，我们只以为宾客里有一个是鲁平的化身，谁知他竟混充着主人咧！怪不得仆役送菜肴进来时，他总是侧着面庞，可惜我们竟没有注意这一个破绽。”杨国栋道：“他怕仆役看破，难道不怕我们看破吗？又难道我们的眼力竟不如仆役吗？总之鲁平的化装术是神乎其神的，任是他假充着我们的父母兄弟，也许我们也要被他瞒过咧。”

这时那巡官冷笑一声道：“这是什么话？我决不相信假扮了熟人，可以瞒过天天见面的人，这不过是侦探小说家信笔乱说的话罢了，哪里可以见诸事实呢？今天鲁平能够得手，上半时间是利用你们人人戴着副深绿眼镜，瞧不清楚；下半时间，又利用你们酒醉眼花，惊慌失措。你们有这种种弱点，所以他才能从容不迫毫无破绽。至于我呢，既不认识此间主人，又没有和鲁平会过面，自然只好受他的蒙混了，否则……”

路翢恩见事已出了，贼已跑了，这巡官反说出一片大道理来，不觉又好气又好笑，即道：“巡长老先生，你还站在这里做什么？请你别生气，须知追贼捉贼却是你们的职责呀……”那巡官讨了场没趣，只得没精打采走了出去。

巡官走后，众人神色稍定，聚议道：“此次的损失合计起来差不多要五六万元，不知道有没有追回的希望啊！”徐慕陶道：“难难难，财物进了鲁平的手，直好像贿赂进了贪吏的腰包，天下唯有这两件事是没法挽回的。”众人一听，不免又抱怨李仁，说他上次不该夸大口，否则东西也不至于飞进鲁平的衣袋。李仁正色道：“但是我至今还自信我的眼力比较你们强啊，我估量你们此时还没有知道究竟谁是鲁平咧！”众人诧异道：“那假主人不是鲁平吗？”李仁道：“那人何尝是鲁平？不过是鲁平的党羽罢了，那巡官才是真正的鲁平。”众人忙问何以见得。

李仁道：“因为我细看他的耳朵有两颗真的红痣……你们试想警局中接到了告密的电话后，应当如何惊乱，为什么孤单单地独派一个人来查问呢？这不是很可疑的事吗？”

众人听说，急急打电话到警局中去问可曾派一个巡官到此，果然回说没有这一回事。众人向李仁乱嚷道：“你既看破那巡官就是鲁平，为什么不当场喊破，却听他在这里捣鬼呢？”李仁道：“喊破嘛，一来我们赤手空拳，万万不是他的对手，即使说能够将他捉住，不久他也能越狱而出的，我何苦和这个怪物结怨呢？二来当时他也知道我已看破他的行径，因此他那双可怕的眼珠，不时射在我身上，眼光中似乎向我说：‘你敢声张，仔细我的报复。’试想一个人和鲁平有了仇恨，还能侥幸免祸吗？为了这二层，我宁可自认晦气，牺牲去二颗一真一假的金刚石，却不敢声张出来啊！”

血纸人

一

啊！太神秘了！太神秘了！太神秘了！

提起这一件太神秘的事情，最初的起因，是在一个佛教团体的讲经法会里。

记得，那是在一个农历的九月中旬吧，本埠一个著名的佛教团体，举行了一场小规模的讲经会。这法会，并不宣讲整部的经典，每天只由主讲的法师，拈着自由的题材，阐扬一些佛教的教义。宣讲的限期，只有短短的十天。这种演讲，在佛教徒中间有一个术语，称之为“讲开示”。

这是宣讲的第五天。

这天，循例由会中的主脑拈着长香，迎请法师升座。两旁听经的男女居士们肃立着，跟随执事的僧众，宣唱“炉香乍爇”的香赞，并称扬“本师释迦牟尼佛”的圣号。在讲座前的炉鼎里，飘着柔和的烟雾，静静的鱼磬声，把肃穆的空气，播散在整个广厦中。这法会虽不盛大，但是相当庄严，能令心地龌龊的人们，处身其中，产生一种内怍的感觉。

唱念的仪式既毕，低眉趺坐的法师，轻轻叩着尺木，宣讲开始了。

主讲的法师，法名雪性，年龄并不很高，面目非常慈祥。他是一位台宗的尊宿，对于性相诸宗，也有相当的了悟。可是这天，他并不宣讲那些“一心三观，一境三谛”和“万法唯心，三界唯识”等的精微理论，他只拈出了极平常的因果二字，用浅显的言辞，说明了佛教对这二字的解释。

他说：“因果二字，在宇宙间，是一种最自然的自然律。因果间的关系，如同形影一样。世界绝没有离形独立的影，也绝没有远离影子的形。而且，形是什么式样，随形而生的影，也是什么式样。譬如，在一面镜子前，呈露一个笑脸，镜中所映出的，绝不会是怒容；反之，镜前呈露一个怒容，镜中所映出的，也绝不会是笑脸。所以，一切众生，造了善因，一定会获善果；造了恶因，一定难逃恶果。准着以上的定理，可知一个人，打骂了人家，以后，便要遭到人家的打骂；杀害了人家的，结果，也难逃被人杀害的惨报！

“不过，我佛如来，也曾这样说过：‘罪性本空，不着体相，罪从心起，还从心灭。’因此，造了罪恶的人，如能发出猛烈的忏悔心，也能收到移因换果的后果的。”

以上便是这天宣讲的大意。

当天，这位雪性法师，他在阐明理论之外，又列举了几件真确可信的事实，以指证所说的不虚。他的声容，既是非常恳挚，他的口才，又是十分流畅，使两旁的听众们，像坐在说书台边听讲传奇那样听出了神。因之，这天的演讲，不但平时对于佛教已有信仰的人，都相顾动容；就连一向并不深信者，也都油然生出了信仰心。

在男居士的坐席上，有一位特殊的来宾，特别地由一个会中的职员专程招待着。但看这招待员的脸色那样的殷勤，可以反映出这位来宾身份的崇高。

这是一位气概华贵的绅士，蓝色的长袍，加上了黑马褂。估计年龄约在五十岁以上。此人长着一张甲字形的脸，粗粗的眉毛，高高的颧骨，一双细小而带峰棱的眼，眼角密布许多鱼尾纹。神情上，具有一种工于心计的特征。他在举手之际，左手的手指，时时蜷曲成一种拈惯雪茄的姿势。因之，无名指上一枚光芒四射的大钻环，常使那些清苦的佛教徒，受到眼膜上的刺激。

这位阔绅士，他是这大都市中的一位有名的“闻人”，在金融圈内，占有相当的地位。最近，他在囤积民食的伟大事业上，有过几次惊人的表现。因此，凡属久住本埠的人，提起王俊熙三个字，大都是不胜钦仰的。

最近一两个月来，这位“闻人”大概因着事业上的贤劳，精神上似乎发生了一种不很健康的现象。有钱人的玉体，和贫苦者是绝对不同的：打了三个以上的喷嚏，就有烦劳医生的必要。据医生诊断：说他是操心过度所致，需要良好的休养，倘不休养，恐有酿成 Hysteria（歇斯底里）的可能。Hysteria 这一个词，于一个有身价的人，确是一个严重的威胁。于是，他不得不放下一切，暂时接受了医生的建议。

休养期内，他在朋友们的闲谈中，听到了这讲经会的事。这一天，偶然高兴，来到这佛门里，做了一度处女的随喜。他对佛教无何种认识，初意只想借此舒散一下神经。不料他在听讲以后，竟受到了很大的感动。尤其是那法师所说的某几句话，竟像螺旋钉一样，深深旋进了他的脑门，给他留下了一个不可磨灭的印象。

以上叙述的事，粗看似乎很细微，可是，就因着这样一个细微的因由，却使以后那件诙诡离奇的故事轻轻展开了无形的序幕。而这故事的神秘性，简直可以说是完全超越人类理智能力所能想象的范围。

二

王俊熙自从在佛教会里听了一次讲经以后，似乎已引起了一件不可告人的心事，打那天起，他的脸上，浮上了一重阴暗的色彩，言语举动时常呈露恍惚不安的样子。素常，他是一个头脑极冷静的人，任何重大的事情，不易影响他的神态。因之他这突然的反常，凡是和他接近的人，都能明显地感觉到。

他的妻——佩莹——是一个温柔美丽的女子。她的年龄，几乎比他小去一半。他们的结合，是在青楼之中。那个年轻的女人，虽是一个桃色网内漏出来的人，却并未沾染上太深的习气。原因是：她本是一个生长于内地的旧式良家女，由于一个意外的事变，才被推进这都市的火坑，因此，从良以后，对于自己的丈夫，还能保持旧式女子温柔体贴的作风。

王俊熙的神情恍惚，使他这位年轻的妻子，感到了极大的不安。她屡次向他追问：为了什么事情，神色如此不宁？可是，我们这位闻人，连对他这最亲密的妻子，也矢口否认他有任何的心事。

还好，他这反常的状态，经过若干日子以后，似乎已渐渐平复下来。又过了几天，那阴暗的气象，已不复存在于他的脸部。可是，一颗细小的石粒，投进平静的水面，会激起许多许多的水花来。王俊熙在听经以后所引起的内心不安，只是水花中的第一个旋纹。当第一个旋纹还没有完全消灭以前，第二个较大的旋纹，却又随之而起，而在第二个旋纹之外，还有第三、第四、第五以至不尽的旋纹，尽数地化开去。

以下便是第二个旋纹的扩展：

这天，王俊熙进毕了午餐，坐在一只软椅里，舒适地读着报。在报纸上，有一方广告吸住了他的视线，这是一张大光明的电影广告。原来，大光明戏院这天换了一部新片，片名叫作“再世复仇记”。在这新片的广告中，刊有如下的警句：

他从坟墓里走出来，将诬陷他的仇人，生生地扼死！

一个电影广告，刊上一些刺激性的语句，那是极普通的事。在平常人的眼光里，至多是因语句的新奇，而引起了观赏欲。可是，这广告一映进了王俊熙的眼，立刻起了一种寒凛的感觉。他的心，有点怦怦然。他只觉这广告上的那些“诬陷”“仇人”“复仇”“坟墓”“扼死”等等的字样，一个个都在他的眼前，起了有力的跳动！同时，若干日前，他在讲经会里所听到的几句话，又在耳边浮漾了起来；他仿佛听到那个讲经的法师，用恳切的声吻，在他耳边说道：

杀害了人家的，结果，难逃被杀的惨报！

其时，他的脸上，重又抹上了若干天前的阴暗。这一份极平常的电影广告，竟使他的心底，发生了不可遏止的困扰。

人们常有一种心理，那是相当有趣的，越是一件畏惧的事，越易集中注意力。譬如，一个怕鬼的人，独睡在一间空房里面，半夜，他越是觉得这房内的空寂可怖，他的注意力越易集中于这房内的一切。当时的王俊熙，便是陷入了这种矛盾的心理状态中；因之，他的第一个意念，很想去看一看这一张《再世复仇记》的影片，究竟是种什么情节。但，第二个意念，立刻掉转来想：不，还是不必去看。因为医生曾嘱咐过：在休养期内，使脑神经上受到不必要的刺激，那是不宜的。

去看呢？还是不去看呢？这两种意念，竟在他的脑内，起了微妙的争执。短短十余分钟之内，他向壁间的时钟，流盼了好几回。因为这时候，距离大光明的第一场开映，已很逼近了。但，无论去看与不去看，总之，他这困扰，使他在那只舒适的软椅内，已无法继续静坐下去。最后，他突然站起来，走出室外，吩咐汽车夫："把车子开出去！"

我们这位闻人，向来不喜欢看电影，而这一天竟破了例，车子终于驶到了大光明的门口。汽车夫举起了讶异的眼，目送他主人的背影匆匆走进了这戏院。五分钟后，我们这位被神经困扰的闻人，已在楼厅里占据了一个座位。坐下不久，洁白的幕上，已在放射银色的光芒。

《再世复仇记》，这是一张什么影片呢？大部分的读者们，或许是看过的。但，因这片子的情节，与后面故事的展开，有着一种奇异的关联，所以，这里仍有介绍一下的必要。

这张片子，是被称为"恐怖之王"的卡洛夫所主演。内容叙述一个失业的人，被五个坏蛋无端构陷成了一个杀人罪。由于坏蛋们的设计精密，使这可怜的被冤诬者，绝对无法自辩。于是，在无抗辩的情形之下，糊糊涂涂，被宣判了死刑。

有一个年老的医生，知道这失业者的冤枉，特地挺身而出，仗义加以营救。但是，那些坏蛋们，又多方从中阻挠，使他受到时间上的耽误。最后，那老医生赶到刑场上时，那个可怜的人，已是直僵僵地做了电椅上的屈死鬼。

老医生愤怒之下，把电椅上的尸体载回了自己的试验室。他竭尽所能，用电力医治这新被处死的人。仗着科学万能，居然把这屈死者的灵魂，从死神手内强劫了回来。

这可怜的人重履人世以后，似乎已换了一重人格。奇怪的是：在未上电椅之前，他对谁是陷害他的人，完全茫无所知。可是，在复活后，他凭着一种神秘的感觉，竟能把五个仇人清楚地指认出来。最后，他终于把那些坏蛋们，逐一生生扼死，而他自己也同归于尽，再度投入了死神的怀抱之中。

以上便是《再世复仇记》一片的大意。这是当时颇为流行的一部恐怖片。

这片子与其说是恐怖剧，毋宁说它是一个悲剧。其中有两个场面，摄制得最动人。其一，当那失业者从监房里被押出来而将踏上电椅时，他仰头向着天，凄惨地呼吁："啊！上帝！只有你——相信我！"虽只这样短短一二句的道白，他的语声，蕴藉那样的悲愤与失望；他的面色，表现着那样的凄惶与无辜。配上了如泣如诉的提琴音响，与半明半晦的牢狱背景，使观众们的每一支神经上，不期而然都受到一种针尖挑刺似的感觉。另一个镜头，那个已死的人复活以后，他在一场音乐会中，遇到了诬害他的那些坏蛋。其时，他悄然举起他的阴冷的视线，沉着地，轮流凝注着他的每一个仇人，在这短短的特写镜头中，他简直把人世间所具有的最凶锐最怨毒的神情，尽数攒聚到了两颗眼球上面，而尽量向对方放射了出来！于是，不但银幕上的坏蛋们，面上表现了极度的紧张，在黑暗中的观众们的情绪，也随之而发生了相同的紧张。

总之，这片子的确已给予了多数观者以刺激的满足。但是，笔者可以这样说：其中受到刺激最深的，无疑地，应数到我们这位幕下的主角王俊熙了！

三

剧终了，银幕上的各个高潮，次第归于平静。许多紧张的神经，也逐渐恢复松弛。独有王俊熙的脑中，高潮正自涌起。他随着大股的人潮，从戏院门口冲泄出来。他的两腿感到疲软而摇晃，宛如醉酒一样。踏上了白昼光明的街面，两眼还有点昏黑。若不是汽车夫招呼着他，他几乎无法找到自己的汽车。

啊！这影片给予他的印象，太深刻了！坐定到车厢中，那主角卡洛夫的两个凶锐怨毒的眼珠，还在他的眼前闪动，尤论睁眼与闭眼，都是那样清楚。这印象，可以说，直到他临死为止，或许已经永久无法消灭。啊！难道卡洛夫的演剧艺术，真有如是动人的力量？不！并不完全由于卡洛夫的技术的高明，切实些说，在王俊熙的脑府中，还隐藏着两颗比卡洛夫更凶锐更怨毒而更可怕的怒眼，在向他闪射！

在汽车飞驰的归途中，王俊熙的脑内，展开了十二年前亲身所经绝顶惨酷绝顶恐怖的回忆的一幕：

十二年前的王俊熙，并不是眼前地位崇高身拥巨资的王俊熙。那时候，他还是个穷小子。他的原名，叫作王阿灵。他所存身的地点，是在浙江省中一个隐僻的小镇上。那个小镇，距离匪类出没的嵊县，约近二十里路。地面虽很窄隘，可是从嵊县到绍兴，那是一个必经的路途，因而这小小的市镇上，居然开有一家唯一的小客寓。那家设备极简陋的客寓，取着一个富丽的店名，叫作春华客店。那时的王阿灵，在这小客寓中，充当一名杂役。名为杂役，实际除了店主以外，他是一身兼任着经理、账席、招待、厨司以及其他各项要职。所以，他在那家小客寓内，可以称为一位要人。全镇的居民，提起王阿灵，那是如雷贯耳的。

王阿灵在这小小的市镇上，素以机警伶俐出名，就因他的机警伶俐，却一手描画成了后面的一幅血画。

故事的展开，是在一个凄风苦雨的夜里。那时候，恰巧也是阴历九月中旬的天气，乡间内地不比都市，晚餐以后，全镇都已被笼罩在凄寂的氛围中。这小客寓屋檐下的一盏灯，摇曳于雨丝织成的夜幕上，远远望去，那一小片惨黄的光晕现出蒙眬欲睡的样子，将次归于熄灭。店内，店主与王阿灵收拾了一下，正待要收市，在这时候，忽然门外急匆匆地来了一个投宿的人。

那人挟着一柄油纸伞，拎着一个小包裹，模样像是一个乡间的苦役。看他头上，戴着一顶破而且厚的旧毡帽，帽子的边，几乎压住了眉心。——论季节，却并不是需要戴这种帽子的时候。再看他身上，穿着一件满是污垢的黑布破短袄，肩际已开了花。下半身，系着一条蓝布作裙。脚上穿的草鞋，沾有许多泥泞。显见他到这里来，必已经过了一段相当长的路。

来客自报姓名，叫作陶阿九，是从嵊县城里出来，要到绍兴去探亲，路过这镇上。他要求找间上等干净而隐僻些的房间，单独住几天。

“哈！身上这样污脏，却要一间上等干净的房间！”店主呆望着来人，一种讶异的心理忍不住从眼角之间透露了出来。来客似乎已测知了店主的心事，立刻，他从湿淋淋的破短袄内掏出了钱，声明“预付几天的房饭钱”。

五枚雪白的银圆，塞进了店主的掌心，这使店主的手微微有点颤动。因为，他从不曾在任何一个投宿的寓客手中，一次接到过这么许多的钱。当时，他对来客的要求，当然是唯唯答应了。

可是，一旁的王阿灵，机警的脑内却起了疑。他想，此人既是路过，住了一宿，就该上路，为什么要预付几天的钱？这是一层。在交钱时，看他伸出来的手，非常的白净，小指上还留着很长的指甲。这分明和他身上的打扮完全不相称。这是二层。复次，他为什么一定要单独住一间房，而且是要隐僻的？这是三层。

以上几个疑点，使这机警的王阿灵，不免向来客更仔细地审视了几眼。来人的年龄，在王阿灵的估计中，约在四十至五十之间。煤油灯光之下，照见此人一张白苍苍的脸，带有一种惊魂不定的神色。此人的脸部，更有两个容易辨认的标记。其一，在他左耳的耳轮上，生着一颗赤豆般大的黑痣，附有几茎寸许长的毛。其二，此人眉心中间，列有三条很深的皱纹，中间一条较长，两边两条略短，形成一个略带歪斜的钢叉形。在某一瞬间，这带有杀气的钢叉纹显得特别的深，使人一望之间，就会留下一个不易淡忘的印象。

当晚，这自称为陶阿九的来客，便被招待到一间所谓“上等干净”的房间里。由于来客付钱的豪爽，使这位小客店中的要人王阿灵，不得不给予他一个较优良的待遇。当他将要跨进这“上等”的卧房时，王阿灵殷勤地预备接过他的小包裹，代他送进房里去。不料，这善意却遭到了来客恶意的拒绝。在这片瞬之间，那人眉心间的钢叉纹，又作了一次深刻的显露；而同时，王阿灵的手却已掂到那个小包裹，觉得有些相当的分量。

因着上面这一个小动作，使王阿灵的疑念，格外炽盛起来。从多方面观察，他感到来客的行径未免有点神秘，而那个小包裹，更是神秘中的神秘。

那个郑重的小布包，裹着什么宝贵的东西呢?

终于，在一个暗地里的密切注视之下，这事情便迅速地有了新奇的发展。

四

夜深了，来客的房内，灯光还没有熄。窗外，王阿灵贼一般地屏住了呼吸，在凝神偷窥。——这里须得说明，这所谓窗，当然不是上海国际饭店楼头垂着锦帷的钢骨玻璃窗；那不过是十九世纪的中国破纸窗，于一个黑暗中的侦察眼，那是非常便利的。

这样一个凄晦的雨夜，室中人深更未睡，他在做些什么呢？

王阿灵从纸窗的破隙中张望进去，立刻，他呆住了。

原来，来客在昏暗的煤油灯下，正把那个包裹郑重地打开来，在细细检点着里边的东西。在这小包裹内，除了底面两三件旧衣服外，其余，却是好几厚叠的纸币。估计数目，约有好几百元吧？不，至少也近一千；或许还不止！另外，几卷圆滚滚的纸卷，卷数虽不多，分量却显得很重，那必定是现洋！最后，只见一个厚厚的纸裹透开，呀！其中全是金饰！在惨淡的灯光下，四射着黄澄澄的耀眼的光华。

啊！夜是黑的，灯是青的，四下的环境是灰暗的。破桌子上，金是黄的，银是白的，纸币是花的，种种的颜色把窗外黑暗中的一双馋眼，映射成了红的。

王阿灵定定神，又见室中那个诡秘的家伙，匍匐在地下，正自忙碌地在把那些财物逐一隐藏于床下一个不易觉察的隐蔽处。随后，他站起来，拂去膝部的泥垢，又把那两三件旧衣服重新打成一个原式的包，安放在枕边。

王阿灵悄然站在黑暗中，睁大了眼像在做梦。可怜，他自到人世以来，一双细小如鼠的眼珠，从不曾见到过这么多的财物！这天晚上，侥幸，他牺牲了若干时刻的睡眠，居然换得一些满足的眼福。但是，在这种情形之下，单单一饱眼福，于他似乎是感到不够的；他只觉他的心底，被拨起了一种饥渴似的感觉。

于是，一颗灵敏的脑球，在黑暗中开足了马力。

"这样的一个人，身上竟有那么多的财物？这家伙，一定不是好人吧？"黑暗中的第一个意念。

"他为什么急匆匆地把他的东西隐藏在这床下呢？想来，他总不至于老远赶过来，特地专拣这地方做他的储藏库吧？哦！明白了！那一定是为防备我。因为，在他进门之初，自己曾对他的包裹几番密切注意过。他害怕了。急切之间无法可想，所以暂时匆匆隐藏一下子。对！一定是如此！”他的第二个意念，很聪明地这样想。

“这床下的东西，除了我没有人知道。假使，这家伙在今夜突然得了急病，死了，那时，自己……哈哈……”这一个灵敏脑筋中的第三个意念，有点想入非非了。

“但是，阎罗王并不是自己的妹夫，绝不会那样驯良听话的……”第五个意念。他转念：“那么，自己可有方法，代那老阎执行一下职务吗？”

“啊！不！罪过的！”第六个意念，他自己阻止。但是，最后一个意念，立刻又急转直下：“哼！这家伙并不是一个好人哩。也许，他是一个强盗。包裹里的东西，正是杀人放火抢来的。非义之财，人人可取，顾忌什么？”

一种类如在卡通画片上时常见到的五颜六色的高速度旋律，在王阿灵的脑内，搅起了风车似的疾转！

聪明的人，毕竟是聪明的。一阵乱想之后，终于，在他灵敏的脑球内，陡然想起了本镇上过去的一件事来。

不久以前，这小镇上曾发生过一件离奇的风波。原来，镇上的孩子们，忽被外来的拐子拐走了好几个。这是这宁谧的小地面上从来不曾发生过的事。并且，事有凑巧，就在拐失孩子的后一天，当地有位极具势力的大绅董，他的一个年方八岁的独生子，突然患了急症，竟在一夜之间狂喊心痛而死。论理，以上两件事，原是风马牛各不相关的。可是，内地的人，头脑简单，竟把两件事硬连到一起，而产生了一种绝对离奇而不合理的谣言——这也许是当时那种所谓武侠小说的影响，一时沸沸扬扬，大家都说镇上已到了白莲教的余孽，专和小孩作对。拐得着拐了人走；拐不到人，却用法术摄取心肝，那必定是拿去祭炼法宝或是合药用的。这谣言一发生，顿使这骨牌大的一方小地面上，闹成一个风声鹤唳、草木皆兵的局面。当时，那个丧失爱子的绅董，悲愤之余，还曾悬过一个五百元的赏格，缉拿那个无影无踪的妖人。结果不用说，当然是连风与影也不曾捕捉到。

以上的风波，还只是不到三个月的事。眼前，这风波虽已平息，但全镇有小孩的居户，偶然提到这事，还是谈虎色变。当然，那位大绅董，也还留着丧子的余痛。

王阿灵想到了以上这件事，在黑暗中，他的脑内陡然地一亮。他向破纸窗中，溜进了最后的一眼，蓦地，得了一个主见。

当晚，他悄悄地掩回了自己的卧处。枕上，独自筹划了大半夜。

第二天，他乘来客偶然离房的机会，偷偷掩进房去，预布了一个巧妙的机槛。傍晚，他飞奔到那位大绅董的府上，气急地报告出了如下的一段话。

他说："报告乡董：那个白莲教的妖人，又来了！他正住在我们的店房里。那是一个相貌凶恶的人，左耳有一颗痣，眉心有三道纹；他是昨晚来的。唉！可怕呀！我亲眼瞧见他在煤油灯下，用白纸剪成许多小纸人，那纸人会走路！不相信，你们自己去看哪！"

这出人意料的消息，使听的人，受到了一个相当大的震骇与骚扰。乡镇虽没有无线电，可是，眨眨眼，这飓风差不多已吹满了半个镇。不到半小时，在这春华客店的门外，卷起一股人浪，内中由地保领头，怒潮似的卷进了那个自称为陶阿九的卧房中。这骇人的情况，使店主与店主妇大大吃了一惊；尤其是那个自称陶阿九的人，更是目瞪口呆，他不知道自己已遭遇到了一个何等样的噩梦。并且，为着某种误会，他的意识中，只有逃的一个准备。他这惶惧失措，显见畏罪情虚，于他更为不利。结果，他像梦魇似的在群众拳脚交加之下被捆绑了起来。连着，众人匆匆一搜检，立刻在他简单的行李——那个小包裹——中，搜出了三枚白纸剪成的小纸人！此外，还有一张红纸，上面写着好几个小孩的年庚。那位大绅董的心痛而死的独生子的年庚，也在其内。

啊！摄取小孩心肝的白莲教妖人，证据确实，铁证如山，还有什么疑义？

由于当时时代的黑暗，由于镇上群情的汹涌，主要的，更由于大绅董为子复仇的怒火的炽燃。当时，这事件并不曾经过一个正当法律的裁夺。结果，那个莫名其妙的罪犯连一个申诉抗辩的机会也不曾获得，糊糊涂涂，便在土皇帝的口头法律下，被判决了剖心处死的酷刑！

五

一张血染成的画面迅速地在翌晨展开：

这是一种低气压的天气。苍铅似的天色，和死囚的容色一般的灰败。在一方萧飒的荒地上，那死囚赤裸了上体，屈着膝，双手被反剪在一根临时竖起的木桩上。三枚带着神秘性的小纸人，另外加上一道黄纸朱书的符箓，一同粘贴在这死囚的胸口——这是镇上一个老道士的建议，他说："真的！那些小小的纸人，都是活的！倘不加上一道太上镇压符，一同处死，它们会作祟，会代主人复仇！"——因这一点小小的点缀，却使这事件，格外增添了诙诡恐怖的气氛。

在死囚的劈面，数尺以外，安放着一张白木桌，桌上，正中设供着那位大绅董的爱子的灵位；那几个被拐失的孩子们，不胜荣幸地被邀作陪宾，也供着灵位。祭酒，祭菜，祭饭，锭箔，罗列了满桌。两支蜡烛，迎风摇晃而震颤，滴下了鲜红的血泪，象征着这死囚的生命的短促。最刺眼的，是这桌子上还陈列着一只小木盘和一柄两面开锋的尖刀！

原来，他们正预备着表演一幕野蛮时代绝对惨无人道的剖心活祭的话剧！

小镇上的居民，几乎空巷来观。这一向寂寞的荒地四周，砌成了一垛人肉的围墙。在这许多人的脸上，有的是愤怒，有的是紧张，有的是在期待。他们大多数，都刻着一种欣赏“草台戏”的心理，来欣赏这一幕从未见到过的话剧。那位春华客店中的要人王阿灵，居然也是这特殊剧场中的免费来宾之一。

在惨剧将要演出前的刹那，那个死囚睁着噩梦初醒似的眼，觳觫地望望对面桌子上那只木盘和那柄耀眼的尖刀，他知道自己将要遭受一个如何的命运。他无力地微微仰起他的绝无人色的脸，哀声地向空呼吁：

“老天哪！告诉我，我究竟犯了什么罪？我家里，还有老母，还有妻，还有儿，还有……”他的音带颤不成声。一语未毕，泪如雨下。

在人丛里，起了一片诅咒声。有人在向他抛掷砖砾，还有人在遥遥地吐着唾沫。却没有一人向他抛掷同情。

例外的，独有仁慈的王阿灵，微微偏转了脸。

"如果，世间真有果报——"这死囚在众人的喧噪声中，忽然燃起了他生命中的最后一丝的火焰，他眉心间的钢叉纹，显得那样深，他切齿怒喊，"谁是害死我的，谁要遭更惨的报应！我虽死了，我的冤魂白日里也会从坟墓里走出来，找到我的仇人，向他索取我的命！"

在他发出这最后的毒誓的瞬间，他的眼珠变成两颗怒红的火球；他的冤泪已被烧而干涸。他把他毒蛇般阴冷的视线，在观剧群众的脸上，沉着地，逐一徐徐搜索过来，最后，却粘滞到了王阿灵的脸上——这在这死囚，还不知是出于有心为呢，或是出于偶然的，可是，在王阿灵的眼内，却感觉到这临死的家伙，简直已把人世间所有最凶锐最怨毒的神情完全攒聚到了两颗眼球上，而向自己这边尽量放射了过来！

从这一霎时间为始，王阿灵的脑内，便永远被投进了一颗阴暗的种子！这种子一直在他心底浮漾，骚扰，直到他临死也无法消灭！

当时的某一瞬间，王阿灵的面色变得和这死囚一样的难看。但，他后来毕竟是一个伟大的闻人，所以，仅仅一瞬，他立即恢复了他的镇静；并且，为表示出他的镇静起见，他还悠然无事地看完了这好戏的最后一幕。

他眼看着那个客串性的刽子手——镇上的一个屠户——把那柄尖刀，用力地埋进了这死囚的心口。一朵怒红的鲜花，从这死囚的心头喷放出来，把箍在他的胸前一同处死的白色小纸人，渲染成了殷红可怕的血纸人！

一幕野蛮话剧在群众的鼓噪声中终了场。但是，这一个被处死刑的人，究竟是不是一个摄取小孩心肝的白莲教徒呢？

答案是：不！绝对的不！白莲教三个字与他，在他整个生命中，或许，连梦寐间也不曾发生过关系。他的面貌虽然相当凶恶，实际，他却是嵊县城外一个安分守己的小富户。他的真名姓，叫作况锡春。在他手内，拥有好几百亩的田和数万元的资产。这虽并不是一个了不起的数字，可是，在当地，他不幸是一个出名拥有现钱最多的人。因此，竟引起了近处一股土匪的觊觎。这次，他突然接得那匪首的一封信，要求他于最短期间，拿出十万元的款子来充作所谓军饷。倘不答应，便要用最残酷的方法来对付他！——那匪首是出名凶恶的，说得到做得到。在过去，已有不少骇人的先例。这恐吓信，于这安分胆小的富户，无异一纸死刑的宣判书。在当时那种兵即是匪匪即是兵的时代，他根本无法获得合法的保护。他要答应那要求，实在没有那么多的钱；不答应吧，他又无法逃出匪徒们的魔掌。万分无奈，只得采取了一个弃家逃亡的下策。他的家里，除了老母妻子，有一个年近三十的儿子，还有一个十五岁的幼女。当时计议，全家五口一同出走，断难逃过匪徒们的耳目。因此，由他独自一人，改了装先走。临走，由他妻子把所有积储，悉数打入一个随身的小包裹。乘着一个凄晦的雨天，在一柄破纸伞的掩护之下，提心吊胆，逃出了匪徒们的监视网。他素知离县近二十里外的小镇上，有着这样一家敞陋的小客寓。他约定他的家人，在这里等候。单等全家会齐，便一同逃到绍兴或杭州去。

不料，由于金钱的作祟，逃出了魔鬼的掌握，却蹈入了另一死神的机槛。这在迷信定命论者的眼里，岂非添了一个强有力的例证？

幕后的真相，终于在小镇上揭露了。无多几天，那个屈死者的老母妻儿的哭声，已广播到了全镇居户的耳内。可是，在这个时候，那位机警的王阿灵，已是悠然骑上鹤背，插上了远走高飞的翅膀。

当这位未来的闻人拜别这小镇的时候，他还挟着一小股的怨愤。因为，那位大绅董，竟吞咽下了五百元赏格的诺言。他想：若不看在店内床下的宝藏分儿上，几乎白弄死了一条人命！但是，当他悄悄发掘床下那注血浸过的财源时，他又深深吃了一惊。他发觉这一笔借刀杀人的酬劳费，单单纸币一项，已有九千四百五十五元之多，加上银圆与金饰，还有一些上回并未见过的珠宝，约略估计，总数将及一万三千元以上。就这样轻轻易易，他已成了一个速成的小富翁。

就在那年的九月里，他悄悄地溜到了上海。而同时，他更由鄙俗的王阿灵，摇身一变而为高雅的王俊熙先生。

如是匆匆过了十二年后，靠着他的智谋机警，他已跻登于上海闻人的宝座。

六

王俊熙从大光明戏院出来，悄然蜷伏于汽车的一角，他的两眼虽脱离了有形的银幕，而他的脑膜上，却继续展开了另一幅无形的银幕。十二年前那幅绝顶残酷恐怖的画面，清楚地复映于他眼底。回到了家里，一想起卡洛夫的眼色，同时也就使他联想到那双与卡洛夫相同的眼色。他只觉那两颗毒蛇般的怪眼，那样阴森森的，在空间的每一个角落里，向他身边刺过来！

他脸上的阴暗，增加了严重的程度。

他非常后悔，不该去看那场含有刺激性的电影，以致引起无谓的忧怖。不过，他这忧怖，也并不能说是完全由于那场影片而引起。实在，近来另有一件离奇的事，却是引起他内心不安的真正的原因。

事情还是在他到佛教会里听经的前几天。那是一个天色晴朗的白昼。他从外面回家，刚跨出汽车门，突有一个中年男子在他身旁匆匆擦肩而过。当时的一瞥之间，他只觉那人的面貌仿佛非常熟稔，分明像是一个常见面的人。而奇怪，一时却无法思索。这是一个什么人？事后，他立刻记起来了。啊哟！那人不是别人，正是十二年前那个被判剖心处死的白莲教妖人！面部的轮廓，越想越相像！不想起还好，一想起，他的全身的血液，似已停止了流动。

他惶惶然，有了一种大祸将临似的预感。

可是，他毕竟是一个头脑冷静的人物。细细一想，他觉得自己的头脑，未免幼稚得可笑。在这世界上，哪里真会有鬼。即使有鬼，哪里会来索命。即使鬼会索命，何至等到十二年后再来清算血账。何况，自己遇见那个人，时候又在光天化日之下。那一定是面貌偶然的相像，加上自己心头的疑影，以致有这错误。对了！一定如此！

一经这样解释，他的心头觉得泰然了许多。假使没有别方面的刺激，他几乎已忘怀那件事。偏偏，在几天以后，他忽然到那所佛教会里去，听了一次经。那讲经的法师，会说出那样的几句：

“杀害了人家的，结果，难逃被杀害的惨报！”

连着，他又看到那则电影广告，恰巧有着这样离奇的语句：

“他从坟墓里走出来，将诬陷他的仇人，生生地扼死！”

由于以上两节话，顿使他联想到十二年前那个死囚临刑前的可怕的毒誓，那家伙曾恶狠狠地说：

“如果世间真有果报，谁害死我，谁要遭到更惨的报应。我虽死了，我的冤魂，白日里也会从坟墓里走出来，找到我的仇人，向他索取我的命！”

想起了十二年前的毒誓，使他不得不想到门口所遇见的那个人。啊呀！不要真的遇见了鬼吧？他越想越害怕。一种莫可名状的惶悚，像一条毒蛇似的钻进了他的心坎。自此，他往往无事无端，会惊悸地跳起来；在独自静坐的时候，仿佛常见一个飘忽的黑影在他眼角闪过。这情形，使他的神经遭到了严重的困扰。他虽仍自己解慰：“世间绝没有鬼。”可是，他的心，已不再接受他的建议。

本来疑心能生暗鬼，而王俊熙所遇的事，似乎并不是完全属于空洞的疑心。于是，一件绝对神秘骇人而使人不敢置信的奇事，终于在他眼前清清楚楚毫无假借地实现了。

可怕的事情最初发生的一天，恰巧是一个欧美人迷信地称为“黑色星期五”的日子。王俊熙从外面回来，时候是在傍晚了。阴森的暮色，先已笼罩于室内。近来，我们这位闻人，为着内心的黑暗，很需要外界的光明。而且在这一时期，他的性情简直变得非常之坏，一点小事也会动怒。他见这时候，屋内还不曾开灯，已经提起了肝火。他低着头，独自匆匆踏上楼梯，刚走到半梯距离梯顶约有五六级，偶一抬眼，只见梯口有一个人迎面急忙忙地正要走下楼来。第一瞬，他看到那个人，头上戴着一顶黑色铜盆帽，身穿一件黑色布袍，肋下还挟着一包东西。其时，王俊熙把佣仆们不开灯火的怒气，迁移到了这人的身上。他正待呵斥："什么人，乱闯到楼上来！"

就在这将开口的片瞬，猛然间，他已看清了这人的面貌，他只觉周身的毛发吓得根根飞立了起来！

原来，楼头的甬道左侧有一间房，房门正自敞开着——这就是他的卧室——电灯光从卧室中渗漏出来，斜射在梯口那个人的脸上，映照得相当清楚。在日色与灯光的交织中，照见那人一张死白的脸，绝无半丝血色，像抹上了薄薄的一重石灰浆一样。这一个熟识而可怕的面貌，正是他近来在睡梦中也不易忘却的面貌！尤其是此人一双阴冷的眼珠，像毒蛇似的透着碧森森的光，正迅速地在向自己怒射过来！

当时的情形，只是短短一瞬间。奇怪！那人一见王俊熙，似也呈露相当恐慌，无声而飘忽地向着左侧一闪，转眼就像一缕轻烟似的消失了。

可是，在这极短促的一瞬中，王俊熙已看清楚——毫无假借毫无错误地看清楚——这人正是若干天前在门口遇见过的那个人，说得确切点，这人正是十二年前那个剖心而死的家伙。真的！他已实践了当初的誓言，竟从坟墓里面钻了出来！

王俊熙在肺叶狂扇之下，整个儿的躯体似被推进了冰窖。一阵阵的冷汗从他每一个汗毛孔中分泌出来，粘住了他的内衣。其时，他不知道凭着一种什么力量，还把他瘫软了的身子支持在半梯，竟没有跌落下去。

他的两腿，被钉在梯级上面，不知经过了怎样长久的时间——其实只是绝短的片刻——只见楼梯口，又闪出了一片黑影。在心头又一阵的狂跳中，他细看，这婀娜的身影却是他的妻子佩莹。

那个年轻的女人向下一望，吃惊得喊起来：

“呀！俊熙！你，你做什么？”她急匆匆奔到半梯，费了相当大的力，把他扶掖上楼。她发觉他的手冷得像一块冰，而且，全身是震颤得那样厉害。

到了卧室里面，他的神魂略定了些。他妻子怀疑他是病了。但他竭力否认，只推说精神偶尔有点不爽。他连连催促他妻子，把全室的电灯尽数开起来。

那个年轻的女人，依了他的话，焦悚地望着他，感到莫名其妙。

平时，王俊熙并不很喜欢喝酒。这晚，在他妻子佩莹温柔体贴的劝慰下，却痛饮了一个烂醉，醉后，整夜胡言乱语，这使他的妻子，受到了极度严重的惶惑与惊扰。

从这天起，我们这位闻人，已无法维持他的镇静。假使我们抄袭一句哲学家的话，那可以说：他显然已由细微“量变”的过程中，进入急剧“质变”的阶段。

七

在遇见那可怕的魅影的以后几天，幸喜不曾再发生什么事。王俊熙的心头略觉释然了些。可是，这不能说是水面的旋纹已经自此而止，不再有所扩展。

数天以后，王俊熙无聊地独坐在憩坐室中的一张书桌前，在读着一本书。静寂中，陡觉有一缕难堪的臭味刺进他的鼻官——那是一种焚烧布质的臭味。依据世俗的传说：大凡一个地方，无缘无故发生这种气息，那就是幽魂出现的征象。但当时的王俊熙，最初还没有想到这层。他放下了书，正待找寻这气味的来源。一举眼，忽见劈面关闭着的两扇窗，窗隙中有一件白色的小东西，在迎风飘舞。站起来看时，那是一枚白纸剪成的小纸人，一条腿被轧住在窗隙中，那姿势恰像全身用力要挤进窗子来。

这小东西几乎使王俊熙的呼吸完全停止！好的是在白昼。他硬硬头皮，抬起震颤的手，把它拿了下来。细看：这小纸人约有三寸长。线条剪得非常生动，臂部的肌肉，隐然隆起。面部另外描绘着五官。虽然笔调很简单，可是怒目圆睁，宛然活的一样。最骇人的是，这小东西的面目，分明就是十二年前那个剖心而死的人的缩影！

在纸人的眉心间，画着三条细线，分明代表了那可怕的钢叉纹。左耳还有一枚针眼大的细点，代表那颗黑痣。它的心口，涂着许多点大大小小的红点，那并不是红的墨水或颜料，看来很像真的血渍，像在那里淋淋漓漓滴下来。并且，这小东西的右手，还连手剪成一柄小尖刀抓在掌中的样子！

一种莫名的紧张，充塞于王俊熙全身的每一个细胞里。他嫌恶地跳起来，把这可怕的小东西愤愤地投进了壁炉。

这小纸人被投在一块半燃的煤块上，并不立时着火。坚韧的纸质，受到高热度，起了伸缩性。他眼看这小纸人的上半身，在怒红的火焰中突然凶狞地竖起，那条握有尖刀的小纸臂，痉挛似的徐徐弯举，宛然向他做成一个猛袭的姿态。

同时，空气中一阵阵带有血腥似的特异的焦布臭，还在他的鼻边飘浮。

他伸手抚着头，急于要冲出这紧张的氛围。他昏乱地闯到门口，抓住门球，刚把那扇门打开一条窄缝，在这慌张失措之中，偏偏门外又有一种喘息似的呼吸声，蓦地刺上了他的耳膜！这声音阻止了他开门的动作，在略一迟疑之顷他再急骤地拉开那门，向外一望，只见隔室空空洞洞，哪里有什么人?

当然，这诡奇的情况，使王俊熙在恐怖之上加了恐怖。一阵肤粟，他自觉他的躯体像在无限制地暴长起来。

可是，这神秘的事件，还在愈出愈奇地演变下去哩。

下一天，有一位来宾光降到我们这位闻人的府上。此人高高的个子，阔阔的肩膀，眉宇之间，呈露一种活泼好动的气象。他是王俊熙的商业上的学生，一个近三十岁沾染时代化的青年。同时，他也是这里最熟稔的来宾之一，平时出入无阻，亲密得和自己人一样。他的名字，叫作邱仲英，而王俊熙的全家，都称他为小邱。

这天，他是为送一份商业上的合同而来的。

因为那份合同的性质很重要，王俊熙接受以后，立刻预备把它收藏到银箱里去。他匆匆上楼，开了银箱的门，忽然，他又白瞪着眼珠，呈露了一个短时间的呆怔。

原来，这时他又闻到了那股特异的焦布气。定定神，他回眼看到小邱正在身后。他不愿让他内心的忧怖被人窥见。因此，他强自镇定，装作无事一样。但，当他伸手把那份合同放进银箱时，他的脸色变得更为惨白。并且，他这沮丧的神情立刻映射上了小邱的脸。

“什么事呀？先生！”那青年关切而又惊疑地问。

“不关你的事！我有点头晕。”王俊熙暴声回答。一面，他挥手将那青年驱逐，“你到楼下去，不要站在这里。”

这焦躁的辞色，完全显示反常。那青年只得趔趄而困惑地依遵他的命令。小邱方旋转身子，忽又听到背后紧张地喊：“小邱，你就在房门口等着我，不要走远！”

王俊熙慌张地回到银箱之前，他伸起触到了电流似的手指，在银箱内拈出了一件小东西——又是一枚与以前完全同样的小纸人——同时，他发觉这银箱里，有一点东西是被翻动过了：

一只专放股票公债的抽屉里，少掉了二十一张每张票额一千元的六厘公债券。奇怪的是，这抽屉内却飞来了一大卷的钞票，这一卷钞票，自十元券起，至一分的辅币券都有。数一数，共是七百八十一元一角六分。

银箱的另一部分，一包原放着的钞票，也有着相同的奇怪情形。在那个纸包里，本有十叠簇新的联号钞票，每叠十张，每张百元，总数是一万元。原是厚厚的一大包，而此刻却变作了薄薄的一小叠。原有新的百元票，只剩下了五张。奇怪！这里也多出了四张十元和一张五元的票子。总数由一万元，变成了五百四十五元。

啊！银箱里是失窃了！那个贼，真客气哪！他偷走了两大批整数，而又找出了两注零数。贼偷了钱，还找出钱来，真是旷古未有之奇闻！但，这是什么意思呢？

王俊熙目定神迷，简直已陷入于一种梦游病的状态中。

正自发怔，那一阵阵有血腥气的焦布臭，又在他的鼻边，若有若无地撩拂。同时他忽发觉，在那几张多余出来的钞票上，隐隐似都染有血渍。因这钞票上的血渍，他陡然想到，一万元减去五百四十五元，岂不等于九千四百五十五元。呀！这正是十二年前他在床下所取得的那注血浸过的钞票的数目！——照这样看，另外那注公债的被窃，其中也有相同的深意。也许，那算是抵偿当初那些现洋、金饰与珠宝的代价吗？——他不想上面那个印象太深的数字还好，一想到后，他的神魂又整个被驱进了恐怖的境域！

但，他的头脑毕竟是冷静的。虽在昏惘之中，并没有完全丧失他的理智。细细再一想，他感觉到眼前这件事，分明大有蹊跷。他想：一个鬼，难道真会驱遣一枚纸人到银箱里来搬运东西吗？——自己在十二年前所制造的故事，那不过是骗骗人的玩意儿哩。纸人真会活吗？——倘说不是鬼，那么，一定有什么人在其中捣鬼了。但，什么人在捣这活鬼呢？想想有取到这银箱钥匙的可能的，只有一个人，那不是别人，正是自己的妻子佩莹。难道这公债与钞票，会是她偷的吗？不过，佩莹素来非常节俭，她有什么事，需要这数目相当大的款子呢？即使她有意外的需要，尽可以开诚要求，何至于偷窃？就算是她窃取了这公债与钞票，为什么还要闹出这可怕的小纸人的把戏来？况且，这失窃的事还牵连着鬼魂出现的事件。如说是人闹的把戏，这需要一个相当精密的设计。至于佩莹，识字既不多，头脑又很单纯。一来，她既没有闹这把戏的理由。二来，她根本没有这种弄巧的聪明。进一步，若说幕后另有主使的人，主要的是，自己十二年前的隐事，绝对不曾向任何人——连佩莹在内——泄露过半句话。谁会知道那小纸人的故事？谁会那样清楚地知道那宗钞票的数目呢？

更主要的是，自己曾两度亲遇见那个十二年前已死去的家伙，那是绝对非人力所能假装出来的。单看这一点，无疑地，这银箱里的事，真是鬼在作祟了！

真是鬼作祟的话，这一次，它既来索取了九千四百五十五元的钞票，它又搬走了一注公债，抵偿当初钞票以外的现样金饰与珠宝。料想下次再来不用说，那一定要来索还他的那条命了？

他越想越怕，简直不敢再想下去。

这天，当他惶惶然逃出那间空虚的屋子时，他脸上那种可怕的灰败，连带使守候在室外的小邱也惊吓得发了呆。

可怕的事还在继续而来。在上述的许多事件之后，他又两度发现那染有血渍的小纸人：一次，发现在一本放在案头的书里；另一次，这可怕可厌的小东西，竟钻进了他内衣的袋里。并且，每次发现这东西，事前事后，老是嗅到那种带有血腥似的焦布臭味。在臭味散布得最厉害的一天，他又一度亲自遇见了那个鬼！

这一次遇见，时间是在一个微微有雾的早晨，地点是在园子内的玻璃花棚间——当时王俊熙是在花棚内，那个鬼却在花棚外——只隔一层花棚的玻璃，在径寸的距离间，面对面地他又看到了那个剖心而死的家伙！

那个鬼，这次已“换了季”，不是前次遇见的装束了。它身上穿的是十二年前他到春华客店中去投宿时的衣服：头戴破毡帽，身穿一件污垢异常的黑布短袄——这布袄的肩部，有一大块破洞，像开着一扇小窗。这块衣服上的记识，至今还在王俊熙的脑膜上留有一种一唤即起的印象。布袄以下，仍旧系着一条与十二年前同式的蓝布旧作裙，足部虽然看不见，料想一定也套着一双满沾泥泞的烂草鞋。它一手拎着一个小布包，不是雨天，一手也拿着一柄破纸伞。

痛快点说吧！这完全是十二年前那套旧印版中重印出来的一幅画！

在这一瞬间的会见中，那个鬼张开了嘴，露出了焦黄的牙齿，赠予了他一个久别重逢的惨笑！——事后，王俊熙搜索他一生的经历，他觉得生平所遇最可丧胆的事，再没有比这次看到鬼笑的事，更可骇更可怕的了。

而当时，他在吓极反常之余，反而瞪大了眼，向那个鬼作了一次时间较长的怔视。因此，比较前一次，也看得更为逼真。他清楚地看到了那人眉心间的可怕的钢叉纹，也清楚地看到了那人左耳轮上那颗附有几茎毛的黑痣。啊！什么都看清楚了。这不是当年剖心而死的陶阿九，是谁？

呀！鬼！鬼！鬼！白昼出现的鬼！还有疑义吗？

八

自此为始，有一种异样的阴森森的空气，似乎已把王俊熙的家，整个笼罩了起来。——王俊熙的家人们，不久都从王俊熙的脸上沾染到了那种可怕的阴暗。但他们不明白，主人的脸上为什么会有这种反常可怕的神情？

在第三度遇见幽灵以后，当夜，王俊熙自觉他的体温，有了越轨的现象；尤其是他在镜子里面照见自己的面庞，竟已消瘦得失了形。可是，所谓闻人，他们常常是最珍惜他们白昼间的名誉的；王俊熙当然也不能例外。他怕自己十二年前黑暗中所做的那件不名誉的隐事，被人探究出来，因之，虽在不可支持中，他还尽力支持，不肯承认有病。甚至他本有一种仁慈的心愿，颇想超度一下那个冤魂，好让它早登仙界。但，为着同样理由的顾忌，他也迟迟疑疑，并未付之实行。

至此，我们这位闻人，大约已真正领受到了行善所应得的报酬！

当然，这一时期中，他在医药上的疗养，绝对不曾间断过。他的常年医药顾问，是一位六十开外富于经验的医学博士，名字叫作夏志苍。在一般社会上，很有相当的声誉。

夏医师很明了王俊熙的病源，是由于一种忧郁性的刺激而起，但苦于无法知他的忧郁的原因，他只能尽力劝告他：多寻娱乐，以舒散紧张的神经。

这劝告是迅速地被接受了。但是，到哪里去舒散呢？电影院，他根本不愿再去；舞场，不感兴趣。最后，由小邱建议：还是到茶室里去解解闷。

他们在大东茶室，一连坐了几个上午。王俊熙感到精神方面松畅了许多。因为最近他所需要的是人多、热闹，所畏避的是空虚、冷清。所以这地方，竟给了他一个短时间的安慰。不料之后的一天，一个完全出乎任何人意料的枝节，又突然发生了。

从那件神秘事件的本身而论，这一个意外发生的枝节，无异于一支神奇的手杖，因这手杖，才能挑开了这幽秘曲折的暗幕。假使那天不发生这意外的枝节，那么这一件神秘得超越乎人类理智能力所能想象的范围的怪事，是否能在最短时间中获得全部的解答，那是无人能够断言的。

事情是这样的：

这一天，王俊熙的精神较好，他和小邱，谈得相当起劲。在他们的隔座，有一个人，正自吸着一种土耳其烟。浓烈的烟味，不时在他们身后一阵阵地飘送过来。

最近的王俊熙，由于内心的极度忧惧，他的潜伏着的“歇斯底里”症，早已达于较深的阶段。尤其是一种杯弓蛇影的心理，随时随地，都有被触发的可能。当时，他嗅到了那股强烈的烟味，不知如何，竟会引起一种错觉：错认为他又闻到了那种带有血腥的焦布臭。于是，谈得好端端的，突然，他竟瞪着两眼，不自禁地高喊：“啊哟！它又出现了！那个恶鬼，耳朵上有一颗痣！”

这神经性的喊叫，引起许多条视线乱箭般地射到了他身上。尤其隔座有一个人，听到这喊声，立刻急骤地转过了头。此人脸上，显着一种与众不同的惊诧——也许可以说，这是一种近于慌张的神色。

这一个人，正是隔座吸着土耳其纸烟的人。这人身上穿着一套暗绿而带银灰细条的整洁灰西装，配着一条紫色的领带。一头菲律宾式的长发，和他脚下黑皮鞋的鞋尖，具有同等的光亮。骤眼一看，年龄好像轻得很。

当时，这一个吸土耳其纸烟的人，眼看小邱扶着王俊熙，在群众的视线网下匆匆走出了这茶室。这人召唤侍者，结了账，挟着他的外衣、帽子，也匆匆跟随了出来。

在路旁，这人掏出了他的怀中记事册，他抄到了那辆新型汽车的号码。

下一天，清晨九点钟时，在那座法国式的洋房门口——这是王俊熙的家——一前一后，来了两个穿西装的人。前者手内提着一个黑皮包，很敝旧了。这就是那位年老的夏志苍医师。后者，一手也拎着一个黑皮箧，有一副精致的听诊器和提手握在一起。这样子，无异把一块医生的牌子悬挂到了手上。

在踏上那光洁的阶石时，后者忽趋前一步，和前者并了肩。他熟稔地招呼说："夏医师，你早。"

夏医师先还没有看到这个人，他一望这人手内的皮箧，暗忖："王俊熙的病，一定有了变化。否则，为什么又请了一个医生？"

他还没有开口，只听后者自我介绍道："我是余化影医师。我的分诊所，距离这里很近哩。"

"久仰!"夏医师随口吐出了这两个字。但实际，他对这余化影的名字，正像对这人的面貌，一样的生疏。

他们并肩进了门，王俊熙的家人以为后面这一个年轻而陌生的人，是这老医生的助手。

这天，王俊熙已是不能支持地睡倒了。在那间小皇宫般瑰丽的卧室里，除了病人之外，另有两人在着。一个是年约二十六七的少妇，鬈鬈的乌发，并没有梳整。身上仅穿着一件蓝士林布夹旗袍。一张略带一些憔悴的脸，薄施一点脂粉，显得楚楚可怜。她的眉梢眼角，隐隐含有一种颦蹙的神情，表示她的心底正被一件什么不乐的事情打扰着——这一个衣着朴素的少妇，便是王俊熙的妻子佩莹。其余一个体魄壮健的青年，身穿一件灰色厚法兰绒的袍子，那是小邱。

当一老一少两位医师踏进这卧室时，病人仰面看着承尘，低低地，在那里自言自语。他的语声，显得柔弱无力，室中人都没有听清楚——或许是并没有注意——他所说的是什么了。只有那个紧随在夏医生身后的余化影，一进这屋子，立刻目光炯炯，露出了全神贯注的样子，而他的听觉，似乎也特别比众敏锐。他已清楚地听到病人在喃喃地说："嗳！让我忏悔，我一定要忏悔！"

实际，病人的神志却并不昏瞀。他一见这老医生，立刻在枕上微微颔首，并低声招呼："夏医生，早。"一面，他也像佩莹与小邱一样，凝注着老医生背后的这一张陌生面孔，略略有点讶异。

"哦！王先生，今天觉得怎么样？"这是这位老医生每天照例的开场白。

接着，他便开始了照例的诊察：他替病人量热度，按脉搏，察听着心脏。那位余化影医师，却在一旁帮同料理。当他看到夏医生从皮包中取出一管两公撮的注射剂时，他急忙代他燃起酒精灯；又抢先把那注射器，小心消着毒。他的举措，显得熟练而敏捷，而他的态度又显得极诚恳。

呵！代替别人，尽点可能的义务，这并不是件吃亏的事哪！当时，这一位不需要聘书而亲自送上门来的助理医师，在短短几分钟的时间中，立刻，他已给那位年老的夏医师留下了一个良好的印象。夏医生感到这一个“初出道”的余……余什么医师，态度谦和得可爱，很具有一般医生从来未有的道德，这是难得的。

于是，他们闲闲地开始搭谈起来。

“病人的心脏很衰弱，他每夜失眠，这是讨厌的事！”老医生凝注着手内的注射器，把那液体中的空气小泡，小心地射出。一面，目不转睛地轻轻地说：“并且，他还有一些‘胃加搭儿’的现象。为此，我想冒一下子险，试用一种百分之几的‘马钱子精’的溶液，和在我原配的方子里。你知道，这是一种从国药里面提炼出来的东西，用得适当，对于他的肠胃，也许有点帮助。不过——”

老医生皱皱眉，没有说下去。

“是的！这东西的反应，有些讨厌！所以，在分量上，我们必须慎重考虑一下。”余化影医师眼望着那老医生的眉毛，立刻随声“和调”。他的声吻，显出了那样的肯定而有经验。而实际呢？也许，他自生耳朵以来，对这所谓“马钱子精”的名目，这还是第一次听到哩。

夏医师的诊察完毕了。处了方，便匆匆告辞。但这位余化影医师，却还逗留在那里，并没有就走的意思。夏医师以为这是王家另外聘请来的，当然要另外诊断一下，他没有说什么话，走了。

夏医生走后，余医师告诉病者的妻子说：“夏医生曾留下两颗药片，他嘱咐须等两三小时以后，察看了病人的情形，方能决定要让他服不要。所以我在这里，须有一个相当时间的守候。”

在这守候的时间中，这位年龄看似很轻的余化影医师，在王宅楼上楼下的各个所在，东走走，西逛逛，一无拘束，毫不客气。

他独自走到车间之前，和汽车夫老李谈了一阵子。他和保镖的保定人曹广南认了同乡。又找着园丁张贵三，拉扯上了几句特别的“十八句”。接着，他又和厨娘、小丫头等，各说笑了一会儿。他的谈话艺术，是那样高明——几乎像是挟有一种魔力似的——他能测知每一个对方的个性与心理，而予以各种不同的应付。他的谈吐极风趣，真是谈笑风生。不到两小时，全宅的人，都已感到这位助理医生，一点没有架子，比那位古板的老医生可亲得多。

中午，王宅供给了他一餐极精美的免费午餐。他吃毕后，似乎感到太不过意。因此，他从他的皮箧里，取出了两片不值钱的苏打片，郑重地交给病人的妻子，送给病人服下，算是一种报酬。然后，他悠然地燃上一支土耳其纸烟，喷了几个圈，抹抹嘴，走了。

九

在第二天早上将近八点钟时，夏志苍医师的家里，接到了一个电话，声明是王家打来的。电话里说：病人今天精神较好，此刻正预备去逛公园，诊治可以暂停一天。

可是，一到昨天的老时光——九点钟——那位余化影医师，却独自拎着他的皮箧，溜到了王俊熙的家里，他摇摇摆摆很熟稔地直走进了病人的卧室。

其时，卧室里除了病者的妻子佩莹，和一名女佣以外，那位诚恳的小邱，也早已先到。这青年本在那家著名于全沪的建华企业公司中，担任会计主任的要职。最近几天，为着关心他老师的病况，所以特地请了假亲自前来照料。这时，他正躲在卧室的一隅，亲手调制一盏鲜牛乳，预备送给病人吃。他用一柄银质的小茶匙，在杯子里左调右调，调溶那沉淀的糖块。他又把那小银匙的尖，碰了一下他自己的舌尖，似乎在试着这牛乳的温凉。从这细密的伺候上，可以看到他们师生间的感情的密切。

这青年一抬眼，看到余医师进来，慌忙放下手里的杯子说：“哦！余医生，早！”

那个少妇的眼光，却像要问：“夏医生为什么没有来？”

只听这余医师高声报告说：“夏医生今天因有两个急要的出诊，时间上有了冲突，所以让我先来。”

他说完，便用演戏似的方式，开始替病人诊察。在诊察的时候，他听病人嘴里，仍像昨天一样，喃喃地，不时在说“忏悔”两个字。

余医师一面开着“天书”似的药方，一面忽向病者的妻子要求说：“对不起，王夫人，能不能请你们回避几分钟，让我施行一种较精密的诊察？”

医生的话等于命令。那女人虽然有点讶异，但没有说什么。那青年把那杯牛乳递给了病人，也没有说话。他们带着那名女佣，默默走了出去。

佩莹与小邱，在对面那间憩坐室中，静候了一段相当悠长的时间。咦！奇怪！所谓精密的诊察，却还没有完毕。他们几番走过去，试推那扇卧室的门，里边竟下了闩，静悄悄的，听不到一些儿声息。他们不明白，里边在做些什么。

足足等待了有九十分钟以上的时间，这憩坐室的门外，起了一种轻轻的剥啄声。连着——几乎是同时的，这门很轻而又很快地自外推开，门口里，露出了那位助理医师的脸。其时，室中的一男一女，正挤在屋子的一角，在低声而密切地谈着话，门开处，窗前一大片的影子，很快地一分为二。他们同时抬眼，只见这余医师，一手拈着纸烟，一手插在裤袋里，嘘嘘吹着嘴唇，悠然走了进来。他的活泼的脸上，带来了一团高兴。

“哦！王夫人，我报告你——”他用愉快的声气说，“我看，王先生的病，最短时期就会脱体。”

“谢谢你，余医师，这都是夏医生和你的功劳。将来我们真要好好地报答你们哩。”这少妇感激地说，说时，她的脸上，露着一丝特异的颦蹙。

“余医师，你看，王先生的病，不会是神经病吧？”高个子的小邱插口。

“很有点像。”余医师回眼看着这衣衫整洁的青年，“据我看，这是由于一种不可解慰的忧郁而起的病。你们可知道，他有什么忧郁呢？”

“正是哪！夏医生早就问过他，我们更不用说。但是，他无论如何，也不肯说哩。”佩莹皱皱眉，接口回答。

“听说，王先生近来，有点胆小?”余医师喷了一口烟，他把一只皮鞋的后跟，在地毯上左右旋动着。

“这——”佩莹纤细的眉毛，又微微一皱。她只说了一个字，以下的答语，却被小邱劫夺了去，只听小邱接口道:“在最近几个月内，我们这位老师，做过几笔金子的交易，数额相当的大，风浪当然也大得吓人!也许，对他的病来说，这也是一种起因。”小邱这几句话，像在和佩莹说，又像向这医师解释。

余医师点点头，表示接受。他说:“在他恢复康健以后，你们最好劝告他，多做一些怡情养性的事，譬如种种花、养养金鱼，或者，画画画。那都很好。”他说到这里，似乎因画画的问题，联想到了另一件事，他不经意似的向这青年问:“哦!邱先生，有一次，我好像在‘美专’里，遇见过你的。你在那边读过书吗?”

“没有呀!你弄错了。”小邱望着这医师。

“可是你的静物画，却画得很好哪。”

“胡闹罢了。千年难得玩一下，哪里算得上画。”小邱不经意地谦虚，但他的语气，分明被引起了一点高兴。

“你对于速写人像，也很有相当的研究哩。”余医师把语声略略提高，突然这样说。

“呃嘿!”这时急有半声轻浅的咳嗽声，挤进了双方的对白，这是那年轻女人喉咙口的声息。

“速写人像?”小邱向佩莹掠了一眼，他发觉这医师在提出以上的问句时，眼色有点异样。立时他像省觉了一件什么事情似的，他迟疑了一下，却用一种过分严肃的声吻答道：“人像！我根本不会画，我只会画国画，那——那是中国式的静物画。”

“哦！香蕉苹果之类，是不是?”一串轻松而圆整的烟圈，从这医师的口角间溜出来，这烟晕遮掩了他口角间的一丝不易被人觉察的笑意。

三人暂时静默。室中充满了沉寂，这沉寂似乎带有一点紧张的意味。

“让我看看他去，那边没有人哩。”佩莹娇柔的声气，首先打破了这寂寞。

“不必忙，王夫人!”医师忽然走近那扇门，挡住了这年轻女人的去路，他说，“我知道王先生怕冷静。我已招呼了许多人去陪他。车夫、园丁、湖州娘姨，还有小丫头，大队人马都在卧室里，请你放心吧。”

医师一边说，一边在衣袋里掏出一张纸片。这纸片的反面，潦草地写着许多阿拉伯字，像是一个相当繁复的乘法算式。正面，却清楚地写着一行字。他把这纸片，交给佩莹说：“这是药费，请你核算一下对不对。”

佩莹把这纸片接到手里一看，她的点漆似的眼珠，立刻露出了非常的困惑。她惊诧地喊:“呀!这是什么药?那么贵?!”

这惊呼声把小邱吸引了过来。他凑近这少妇的身子看时，只见这纸上写着一行自来水笔的字迹道:

合药费，九千四百五十五元

这一个含有神秘性的数字，使这青年的神色，迅捷地起了一种特异的转变。足足有十秒钟以上的呆怔，他方始讶异地问:“余医师，这是什么意思?”

“我的意思是:有两个，或者是两个以上的人，他们‘合’成了一种‘药’，他们共同取得了九千四百五十五元的‘合药’费。”他从那少妇手内收回了那张纸片，耸耸他的肩膀。

“我不懂!”小邱暴声说。

那少妇的两靥，泛出了一重白色。她在悄然赏鉴着地毯上的花纹。

“你们都不懂吗?不懂也好。我有一个很曲折的故事，预备告诉你们。我自己听到这故事，也还不满一小时咧。”医师向这二人摆摆手，像主人招呼宾客似的说，“最好，请二位坐下来，静听我说。一听，你们就明白了。”

十

当时，这一室中的三个人，他们的表情，是相当有趣的：

这年轻的女人，举起她的彷徨的视线，有点失措。她呆看着小邱似乎要取他的进止。而小邱呢，似乎已被这医师的凶锐的眼光所慑服。主要的是，他不知道对方这个言行离奇的家伙，究竟是什么人。他无端说出这种离奇的话来，又是什么用意。他满腹怀疑。但结果，终于踧踖地退向室中半垂着窗帷的一角间，占据了一只光线较暗的沙发。那女人，见小邱已先坐下，于是，她也在对方一只距离很远的沙发内，困扰地坐下来。她抽出了肋下的一方小手帕，下意识地反复玩弄着。

二人眼看这一位莫名其妙的医师，把他的烟尾，随便而又准确地在远远数码以外抛进了室隅的痰盂，他又回身掩上了门，然后捞一捞裤管，取了一个舒适的姿势，在近门一张坦背的软椅内悠然坐下。

室中三个不同型的人，坐成了一个不等边的三角形。

这位余医师的纸烟瘾，相当的大。他不让他的嘴角获得较长的休息，接连又燃上了新的一支。在这暂时静默的空气中，他似乎在卖弄他的吐烟圈的技巧。他把一条腿叠在另一条腿上，颤动着他的光亮的鞋尖，喷够了一阵烟，然后从容演述他的故事。他开始这样说道：

“昨今两天，我曾屡次听到我们这位王先生，喃喃地在说‘忏悔’两个字。我知道这里面一定含有一些动人的故事。于是，我特地制造了一个单独和他谈话的机会，准备用一种舌尖做成的钩子，把他心底所藏的秘密设法钩索出来。”

在浓烈的土耳其烟的烟晕中，只见对方的一男一女，不安地默然谛视着他，在倾听他的下文：

“我向他托言：我是一个可靠的基督徒。我劝他把我当作一位牧师，把心头要说而不敢说的话，尽量倾吐出来。如此，方算真诚的忏悔。”

对方的两人，现出了紧张的表情，好像要问：“那么，他到底说了没有呢？”

"他——王先生——起先不肯说哩。他坚持着说：一定要向一个和尚忏悔。于是，我又用了一点手段，在恫吓与诱骗相加的方式下，终于逼他吐出了真相：

"事情真是相当幽秘的。他——王先生——说：距今十二年前，他在浙江省的一个市镇上，当着一家旅馆的经理。有一夜，旅馆里来了一个投宿的人，他发觉那人是一个白莲教的余孽，会用白纸剪成活的小纸人，放出去，摄取小孩子的心肝。当时，他为代地方除害起见，立刻报告了当地的军警，把这妖人捕捉了。当场，他们曾在这人身上搜到了几枚已剪成的小纸人，还有几个幼童的年庚，写在一张红纸上。"

医师说到这里，一眼瞥见那个年轻女人的脸上，迅速地浮上了一丝凄楚的暗影；连着，他又见她微微一撇嘴，呈露一种轻鄙不屑的样子。他不明白这女人的反应是什么意思。但他暂时不管，自顾自说下去：

"当时不知凭着一种什么野蛮的法律，那个妖人，竟被判处了一个极端残酷的刑罚，活生生地被挖出了心肝！——据说是代那些被害的孩子报仇。而同时，那几枚搜出来的神秘小纸人，也粘贴在那个死囚的胸口，很滑稽地一同活活处死。"

说到这里，他又发现那个年轻女人的眼眶里，泛起了一圈红晕。只见她借着一个挤眼睛的小动作，迅速地偏转脸去，用她的小手帕，抹了一下眼角。

这少妇以为她的动作，对方并不曾注意；而这医师也就装作不曾注意。他又说下去：

“那个死囚，在临刑之前曾发过一种可怕的毒誓，他说他死后，要从坟墓里钻出来，找到那个告密的仇人，向他清算血账。”

医师的话头略顿，在纸烟的烟雾中，只见对方两人，个个惨默无语。由于这故事的恐怖，似乎已使这屋里的空气，沾染上了一种特异的气息。

医师继续说道：“那死囚在旅馆里，遗留一包财物，其中包括着金饰、现洋和一些零星的珠宝，还有一注钞票，数目共是九千四百五十五元。哦！王夫人，邱先生，请你们二位，注意这个数目！现在，我快要说到正文了。”

这医师陡然又将话机截住，他把他的凝冷的视线，轮流逼射到这男女二人的脸上。连着，他用恬静的口气，说下去：

“那妖人死后，那包财物便成了无主之物。于是，我们这位王先生，便不客气地悄悄把它没收了下来。这事情一直过了十二年，并无一人知道。不料，到了眼前，竟有一种非常奇怪的事情发生了——最近，我们这位因仗义而为众除害的王先生，在这里屋内屋外，竟屡次遇见了那个十二年前已死去的人！同时，他还在各间屋子里，发现了好几个沾有血渍的可怕的小纸人！以上，便是他的忧惧成病的原因。而他所要忏悔的，也就是这一件事。

“哦！你们别性急，奇怪的事情，还在下面咧！

“不多几天之前，王先生又发现那个染血的小东西，竟钻进了他的银箱！并且，那银箱里是失窃了！被窃的东西，共有两注：其中一注，是二十一张每张一千元的六厘公债券，综计价值共是二万一千元。这不算可怪，所可怪的是：那个窃贼，在窃取了这公债之后，却很客气地，留下了一些零散的钞票——这像一个店家，收受了买客整数的款子，而找出了多余的钱——哦！让我看，这找出来的钞票的数目，是多少呢？”他把方才那张纸片，重新掏出来看了看，接下去说：“那遗留的数目，共是七百八十一元一角六分。真奇怪呀！那个贼，偷钱还偷出一种花巧来。他搬走了这样一个不整齐的数目，却是什么意思呢？”

医师暂时停住话，他把一种疑问的眼光，缓缓输送到对方两人的脸上，似乎在静待他们的解答。但这一男一女，却依然惨默无语。于是，他只得自己回答道：“关于这，我们姑且放在一边，停一停再说。现在，且说另外失窃的一注，那另一注，是在一万元的整数钞票内，偷剩了五百四十五元。——一万，减去五百四十五，该是多少呢？这数目，方才我已经说过，二位也早已知道了。”

他吸了一口烟，不等对方开口，接连着又道：“据王先生的意见，以为这失窃的两注钱，自然是那个鬼差遣那可怕的小纸人特来搬运走的。他想到了过去的那件事情，害怕得了不得。因而他连带对这失窃的事，丝毫不敢声张。

“以上的故事，便是王先生在刚才告诉我的。这故事，真是非常诙诡的。——但是这里面，很有些耐人寻味之处咧。”医师挤挤眼，用一种俏皮的声音道，“你们想吧，那个鬼，不到锡箔庄上去偷锡箔，而到人家银箱里来搬公债钞票，不太幽秘吗？如果真是鬼的话，我们不是王道士与张天师，那是不用说了。不过，我们不妨姑且假定：这事是人干的，那么我们很可以探讨一下，这人而鬼的家伙，究竟是谁呢？”

“王先生对于这一点，也曾有过一小片的疑云在他脑内闪现过。他以为：有取到那枚银箱钥匙的可能性的，只有一个人，那就是——”

他将话头陡然截住，却把一种冷峭的眼光，掠到了那个女人的脸上。

“是谁？”那女人绯红着脸，锐声问。

“——是你！”医师用冷峭的语声，完成了上面未完的语句。

“是我?！是我?！这是狗咬人！梦话！他有神经病，难道你——你也有神经病吗?”这年轻女人愤怒地从椅内直立了起来，她完全丧失了先前那种温文娴静的体态。

十一

这时，那个默坐在光线较暗处的小邱，颈间的动脉呈露了显著的贲张。那样子，分明也已达到了无可忍耐的地步。他欠欠嘴，似乎想要插口说什么，但结果，却终于不曾说什么。

只听这医师又冷然说道：“嗳！王夫人，我劝你平平气，静听我说完。我的话，不过是假定罢了。”他把一种强制似的眼光，逼射着那女人的绯红的两靥，他似乎警告她说：“嘿！知趣些，还是请你坐下来。”

那女人，似乎经受不住这种严冷眼光的压迫。只见，她像用力扔掉东西似的，把她的躯体重新扔回了原座。

“哦！王夫人，我们姑且假定：那只银箱，是你所开的。但是——”医师的目光仍旧紧逼着这女人，又道：“但是单凭你一个人，绝不能做成那样的事。在幕后，至少有一个以上的同谋，在帮同设计。至于那同谋的人，不用说，当然是一个和这里有着密切关系的人物。”

小邱的呼吸又加急了些，在语声略顿中，能清楚地听出来。这时，他的干燥的嘴唇，又牵动了一下。

医师不等这青年有所表示，他接着说他的下文：“于是，我想到了王先生说起的那些神秘的小纸人——王先生在陆续收到那些奇特的赠品之后，他曾乖觉地保藏着一枚。即刻，他把收藏的所在指示了我，让我拿出来看过。”

小邱睁大了眼，听他用一种讥讽式的赞美，喝彩似的说道：

“嘿，好！这小玩意儿真不错哪！那线条、笔意，剪绘得那样生动，令人一望而知，这是出于一个具有绘画天才者的手笔。也许，这正是那位设计家的得意之作咧。我们固然不能确定地说，这东西一定是出于那个同谋者的亲手绘制，但是，从多方面想，出于那人亲手绘制的可能性似乎也很多哩。”

医师说到这里，竟毫不客气地，向这青年开始做正面的攻击：“邱先生，我认为你，很有做这同谋者之一的重大嫌疑。所以，刚才我曾绕着一个大弯子，用话探试你是否会画画。多谢你，居然很率直地告诉我，你果然是会画画的。”

那青年再也耐不住了，紧握着拳头，在那沙发的靠手上，用力猛叩了一下。他像弹簧般地从椅内直弹了起来，盛气地说道：“我已经告诉过你，我并不会画人像，你的耳朵聋了吗？”

他又用力补充说：“你打听打听，哪一个说我会画人像？”

“是呀！唯其没有人说你会画人像，所以你才敢放胆画呀！”医师声色不动，依然冷峭地说，“而且，我在探试你的时候，我早已准备着，你将会告诉我不会画人像。”

那青年铁青着脸，一种急骤的喘息，阻梗住了他喉咙口的语句。

只听医师又道：“会画人像与否，这是一个绝对无足轻重的问题，是不是？哈！邱先生，假使这里面，没有一点幽秘的关系，方才你的语气之间，为什么那样重视这问题呢？”

“你不能凭你的舌尖，随意压死人！”青年努力鼓动着他的勇气，又努力嗫嚅着说。

“嘿！你想讹诈我们吗？”一旁怒气冲冲的佩莹，她忽然想出了这样一句无理由的问句。

医师不理他们的话，他自管自静静地吸着他的纸烟，又自管自静静地说道："喂！证据还有哩。即刻我说过：要做那个同谋者，必须具备几种条件。第一，那人和这里，关系必然很密切。第二，那人会画人像。除此以外，还有第三——"

医师又从他的衣袋里，掏出了方才那张纸片，拿在手里说："据王先生告诉我：那银箱里，除了被窃的六厘公债之外，另有许多别的股票与债券在着。那个偷的人，他不看中别的，却单单选中这些眼前市场上面比较吃香的六厘债券。于此，可见这一个人，必是一个熟悉公债市况的人。你看，这一点，也是一个线索吧？"

他顿了顿说："就说这一个线索，并不十分有力。但是，还有呢。"他看了看手中的那张纸片说，"刚才我曾说过：那银箱里，失窃了二万一千元的公债，而多出了七百八十一元一角六分的钞票。所以，计算实际的损失，应是二万零二百十八元八角四分。那个偷的人，他搬走了这样一个参差不整的数目，当然，他一定也像搬走另一注九千四百五十五元的钞票一样，其中必然含有相同的深意。我们王先生，他是被那个活鬼吓昏了，他已无暇思索其中的理由。可是凭我拙笨的脑力，细细一计算，方知这一个奇怪的数目，正是根据九千四百五十五元的数目而来的，换句话说：这数目正是九千四百五十五元的十二年的利息；那是依长年一分的利率，而用复利计算的。于是，线索又来啦！由此，我们可知，那位密斯脱同谋者，他还是一个会算复利的会计人才咧。”

医师说到这里，他把仰倚在那只坦背椅子上的上半身，挺直了起来。他向那个青年耸耸肩膀，扮了一个鬼脸说：“好！让我把这同谋者的条件，总结一下吧！第一，他是一个和这里关系密切的人。第二，他是会画人像的人。第三，他是熟悉公债行市的人。第四，他又是一个会算复利的人。呵！条件太多啦！”

他又闪动着眼珠，把声音放得和缓一些说：“而你——邱先生，恰巧完全具备以上的条件，一件也不缺少。若说是凑巧，那真未免太凑巧了！哦！邱先生，关于我的话，你有什么意见提出没有？”

医师一口气，说完了这一大串话。他把那张纸片，揣了起来。一支新的纸烟，拈上了他的手指；他把那支烟，在那只精美的烟盒的盖上，轻轻舂了一阵；掏出他的小巧的打火机，预备取火燃上。他的态度，显得那样悠闲；而相反地，对方那个小邱的神情，却显出了比较的紧张。只见小邱面红耳赤，不发一言。那种懊丧的态度，明明表示着他，已经吃到全军覆没的败仗，无复再战的余地。

站在一条战线上的那个年轻的女人，见她的同盟者受到了这样猛烈的攻击，向这青年看看，在不自觉间露出了一种顾惜的神气；同时她自己的面色，也呈露出了相同的窘迫。

在几秒钟的犹豫之后，那青年似乎已锁起了他的反攻的勇气，他忽从另一条路线上，向这医师进袭道：“你是什么人？你有什么权力，干涉这里的事？”

“一个医生，眼看他的病人，将被人家送进殡仪馆或疯人院，难道他没有权力可以干预吗？”医师悠然地这样反问。

“你是一个医生罢了，你不是一个官。你配管我们的事吗？”佩莹仗着小邱反攻的声势，她也鼓动了勇气。

医师不理这女人的话，他只向着小邱说：“你问我是什么人，这是应该向你声明一下的。——你记得吗？两天之前，你陪着你的那位老师，在大东茶室喝茶。他无缘无故，忽然高喊：‘啊哟！他又出现了，那个恶鬼，耳朵上有一颗痣！’当时，他这神经性的呼喊，曾使我大大吃了一惊咧。”

那僵挺挺矗立着的一双男女，不明白他这话的含意。他们只能怔视着他，静待他的解释。

“当时，我为什么要吃惊呢？”医师说，“说起来是有些惭愧的！在我的生命中，不幸常常被许多人尊称为一个恶鬼；并且，我的耳朵上，恰巧也有一颗痣。所以当时，我误认为你的老师已揭破了我的面具——你须知道，我的面具，也像社会上的所谓闻人伟人们一样，那是万万不能让人揭破的。这便是我吃惊的理由。而同时，我怎会参加进你们这出好戏的原因，你们也可以明白了吧？”

医师说时，他再把他的身子趋向前些，略略侧转了头。他伸手指着他的左耳，让那青年看。

小邱趔趄地走前几步，他把眼睛凑近前来看时，只见医师的左耳轮上，果然，一颗绿豆大的痣，鲜红得像一颗小火星。

奇怪哪！这小小的一颗红点，它的魔力，竟相等于天文家望远镜中所发现的一颗新彗星；同时，这小东西一映上了小邱的眼膜，他简直像王俊熙看到了那个鬼魂耳朵上的黑痣一样的害怕！

这青年瞠直着他骇愕的眼，一种惊怪的语声，运输到了他的舌尖上：“你！”

“嘘嘘！”医师急忙伸起两个指头，掩着他自己的嘴唇，装出了一种诡秘害怕的样子说，“哦！说出来是无味的，反正，看了我这善良而诚实的招牌，大概你已明白我的为人。所以，最聪明的办法，还是请你们，向我说实话。”

他又向这一男一女，温和地摆摆手，意思是招呼他们坐下。那青年反复地在他的脸上端详了一会儿，无可奈何地退回了他的靠窗的坐处。那女人，虽然不明白小邱那种突然惊怪的理由，但她也困惑地，第三次又坐了下来。

十二

医师看这二人坐下之后，他又恢复了那种骨节松弛的样子。他先打了一个呵欠，再把他的视线，在这男女两人的脸上，轮流兜了两转，然后懒洋洋地说："问题是要逐件解决的，第一点，请你们先告诉我：谁拿了这银箱里的公债和钞票呢？"

他的眼光，先停留在小邱的脸上。

"……"

"请说呀！"

小邱抬了抬眼，立刻又沉下头去。这时像有一种舞台上的灯光，打到了这青年的脸上：只见他的脸色，红了泛白，白了又泛青；最后，却变得非常灰白。

那女人偷眼看到小邱这种难堪的神情，她踌躇了一下，忽然鼓起了勇气，锐声说："钱是我拿的！"

“好！”医师点点头，故意把语气放得很缓和，“妻子拿丈夫的钱，那是平常的事。”

“不！钱是我拿的！”小邱终于被迫开口了。

“好！”医师又点点头，“一个学生偶因急用，向他老师暂时挪移一下，那也不算过失。”

“不是他，是我！”

“是我，不是她！”

由于一种情感的冲动，这二人似乎已忘却了他们眼前所处的尴尬的地位。他们变得那样慷慨，个个尽力把那偷钱的责任，硬拉到自己身上去。

“哈哈！我看你二位的感情，很像一杯法国式的咖啡哪！”医师弹掉一点纸烟灰，笑笑说。

一朵新的红晕，迅速地飞上了这女人的怒红未褪的腮间。

小邱听到这话，第二次又提起了火。但，他望望对方耳朵上的那颗小红点，他只在他的鼻孔里，轻轻“哼”了一声，宣泄了他的怒气。

“你们为什么要拿那公债和钞票呢？”医师望着小邱。

“当然，为了有急用。”小邱克制着他的情绪，沉吟了片晌。他向那扇虚掩着的门，掠了一眼，用轻细而带恳求的口吻说：“如果……如果你真肯代我守秘密，我可以把实情告诉你。”

“你记清，”医师又指指他自己的左耳说，“在耳朵上，有一颗红痣的人，他便是一个最善良最诚实最守信用而又是最肯守秘密的人，你放心吧。”

“好！那么，我把实话告诉你——”小邱用一种富于情感的声音说，“真的，那公债钞票都是我拿的。因为近来，我也做了一点‘条子’，亏蚀得很大，没奈何，才出此下策。”

“这也许是实话。”医师点点头，“但是，我要请你说得详细点。”

“那银箱里的公债和钞票，实际上，我是分两次拿的。第一次，我只拿了钞票，但是，我还不够弥补我的亏累。所以，第二次我又拿了那注公债券。”这青年说到这里，他向佩莹看了看，却用一种热烈的声调，义形于色地说，“一身做事一身当！请你不要把偷钱的罪名，加到佩……哦！加到我师母的身上。”

这位年轻的“师母”，红涨着脸，她刚待发声，但她的话，却被医师的眼光拦住了。只听这医师向小邱说：“我想，第一次，你拿钞票的时候，已经注意到那注六厘公债。所以，你们第二次开那银箱时，预先已预备下了七百八十一元一角六分的钱数，顺手放了进去。你的意思，是表示清算九千四百五十五元的十二年间的利息，是不是?”

小邱红着脸，微微颔首，没有响。

“但，这一招，是含有一点危险性的!”医师说，“如果你们那位王先生，他能细细想一想，他从核算复利的一点上，也许很容易会疑到你。难道你没有想到吗?”

那青年沮丧地低着头，仍旧没有发声。

“依你这样说来，那么，你们是专为需要钱而拿钱的。哦！这里面，没有别的副作用吗?”医师又这样问。

“我不懂你这话的意思。”小邱猛然抬头。

“如果你们专为要钱而拿钱，那么，拿到了钱就算了，为什么要在银箱里，留下一枚可怕的小纸人?”

“这是傻话哩。”那女人似乎忘了神，她忽抢着插口，“谁都知道，俊熙的情性，那样啬刻。倘若银箱里，无缘无故地丢掉了那样多的钱，他肯不声不响，默忍下去吗?”

“你的意思是，”医师掉转视线向着这女人，“他见到了那枚可怕的小纸人，他就不会声张查究了，是不是?你凭什么理由，才这样想呢?”

“……”她犹豫了一下，好像已在懊悔她的插口。因此，她也局促地沉倒了她的头。

"请说呀!"医师只顾催促着。

"因为最近，我们……"她被逼无奈地回答。说到我们二字，急急改口，"因为最近，我在无意中，知道了他的隐事——就是即刻他向你忏悔的那件事。"她和那青年交换了一下眼光，迟迟疑疑这样说。

"你怎么会知道他的隐事呢？听他说，在今天之前，他从没有在任何人前，泄露过半个字哩。"医师追问下去。

"告诉你也不要紧!"这女人因为对方步步进逼，语声透露着憎恶。她说："有一天，"她想了想，"约莫距今已有十多天了吧，他从外面回来，站在半楼梯中，忒愣愣地发抖。当时，他的脸色非常难看，好像害着急病。就在那夜里，他喝得大醉。在烂醉中，说出了十二年前那件凄惨怕人的事。但是说过之后，在第二天上，他都忘记了。此后，我又用酒灌醉了他一次，渐渐骗出了他的细情。"

医师一边用心听，一边猛吸着他的土耳其纸烟。

那女人忽又自动解释道："我有心灌醉他，并没有什么恶意。因为我很担心他的病况，只想借此探出他的病源来。"

医师点头表示同情。他喃喃自语似的说道："是的，王先生曾告诉我：在半楼梯上吓得发昏的一天，正是第二次遇见鬼魂的那一天。他还记得，那是一个星期五的日子咧。”

医师说后，他闭上了眼，沉思了片瞬。他猛然睁大眼睛向这女人问：“喂！那个扮鬼的角色是谁？”

“咦！什么鬼不鬼？我不知道呀！”这女人始而呆了一呆，继而又想了想，最后，勃然这样回答。

“嗳！你大概知道的。”医师冷冷地说。

“我不懂你的话！”

“你一定懂的，我想。”

“我……我不知道！我不知道！”这女人的声带起了水浪般的波动。但她的神色，却显得非常坚决。

医师无奈，他把视线移转到了小邱身上。他说：“邱先生，我想那个鬼，绝不会是你所扮演的吧？”他又解释说，“若说一个人，单单凭着一种化装的作用，或是套上一个面具，就能幻出另一人的面目来，这是小说或戏剧上的梦呓！我是决不会相信这种梦呓的！那么，还是请你说明，那位密司脱鬼，是谁？”

小邱感到无奈，他用一种征取同意的眼光，痛苦地看看佩莹。他见她红涨着脸，并无表示。于是，他也仿效了她的声吻，回答说：“什么鬼不鬼？我不知道呀！”

“你当然知道的！”

“你说的话，我完全不明白!”

“不错，当时你替那位鬼先生写照，你忘却了请教他的尊主大名咧。”医师向这青年挤挤眼，说出了这样一句幽默的讽刺话。

说着，他又悠闲地吸着他的纸烟。他的沉着的面色，被笼罩于缭绕的烟晕之后，格外显得神奇莫测。这时他静静地在想：“还好！重重的暗雾，一小半，渐渐吹散了。那神秘的小纸人，那银箱里被偷窃的钱，总算有了着落。现在，只要把那位鬼先生的履历，设法追究出来，那么这事情的暗幕，也许可以全部揭开了。他继续想：“不过，看眼前的情形，这事情，还需要费掉一点小小的唇舌咧。好吧！让我改换一条路线来试试……”

想到这里，他徐徐睁开了半闭的眼，用一种懒怠的声气，向那男女二人说：“如此，你们对那鬼先生的事，都不肯说了，是不是?”

说时，他又打了一个呵欠。只见对手方的男女俩，都低着头，丝毫没有反响。

局势成了僵持，谈话暂时停顿。就在这一种极短促的紧张的死寂中，忽然有一个破空而来的语声，突然地，从另外一个角度里，阴森森地接口说：“那么，让我来说明，好不好?”

十三

家中僵持着的三人，同时迅捷地举起了惊诧的视线。只见那扇被推开了尺许宽的门，门口魅影般地出现了一个人。那人身上，穿着一袭并不曾穿着整齐的黑缎绣花的睡衣，手里拄着一支粗粗的手杖。那人的面目，相当的可怕：两条浓而粗的眉毛，几乎皱成了一线；一双细小而透凶光的眼珠，正闪烁于深凹的眼眶之中；在他高耸起的颧骨以下，那脸的下半部，形成了一个上丰下锐的锥子形。

这第四名登场的角色，不是别人，正是那个神经错乱的病人王俊熙！

病人摇摇晃晃走进门来，他把他的失了重心似的身子，支持在手内那支橡木的手杖上。他先不说话，却将一种凶狞得如同一头饿虎似的眼色，凶射到了佩莹与小邱的脸上；那神情，简直像要把这一男一女整个儿地活吞下去方始甘心似的。

在这完全出于不意的局面之下，室内的一双男女，先是大大吃了一惊，在一秒钟的犹豫中，他们立即感觉到了他们所处的局势。当时，那个青年的后脑骨上，似已被压上了一方沉重的铅块：只见他的头，逐渐地，逐渐地，在那里一分，一分，尽量低沉了下去。

而这少妇呢，她的两靥，好似将要滴下鲜红的水浆来。她的失却了媚意的眼珠失神似的死盯着脚下的地毯——她似乎在默祝那条毯子，快快变成“月光宝盒”中的神毯，好把她的身子载起来，快快从窗子里破空飞出去。

病人把这一种神经上的酷罚，加在了这男女两人的身上之后，他自己的神经，似乎已感到了一种宽畅。他回转身，关上了那扇门。想了想，他又俯身插上了闩子。然后，他暂时收起怒眼，愉快地向那医师招呼。

“哦！余医师！”他用兴奋的声调这样喊着。他的形容，虽是那样枯悴，而他的语声，几乎已和无病的人们一样。他说：“凭你轻轻的几句话，竟扫清了我胸头的疑影。你看，我的病好啦！我真不知道，我要怎样感激你才好！”

“我的提议怎么样？”医师从坦背的软椅里，略略抬起他的身子，他似乎感到很高兴。

“真聪明！”病人跷起一只拇指。他走向这医师贴近的一只软椅，缓缓坐下来。他把那支手杖，倚在身旁说：“你向我提议细细盘问一下那些下人们：在最近，有没有什么陌生人物，瞒住了我，常在这里走动。这真是一个聪明的办法！”

“结果怎么样？”

“我把那些的下人，逐一唤到我的卧室里，逐一向他们细细地盘问。几乎问到了一半的人数，他们都推说不知道——哼！他们明明是不肯说哪！”病人又举起他的怒目，在佩莹脸上横扫了一下。他高声续说：“后来，问到秋兰——那个十四岁的小丫头，她居然被我吓出来了。”

他说时，咯咯地发出了一阵神经性的怪笑。

“哦！”医师敏锐的眼角里，闪动着期待的光。

“据秋兰说：在最近的一两个月中，果然有那样一个人，鬼鬼祟祟，常在这里出入。这人像是太太的亲戚——那是一个吃白面的人，很穷，常常来借钱。所以太太嘱咐我们，千万不能让主人知道。

“根据这小丫头的话，我计算日期，我在楼梯上遇见鬼的这天，那个活鬼，他是来过的。秋兰说：当时他还曾向我们这位好太太要去了一包旧衣服——是呀！我看见的，那家伙的肋下，夹着一个包！”病人又恶狠狠地连声说，“好啊！不能让我知道！不能让我知道！哼！鬼戏！”

“那么，这个人，究竟是谁呢？”医师打断了他的恨恨声。

“这要问她呀！这要问我们这位好太太哪！”病人那双细小而可怕的怪眼，又猛袭上了佩莹的脸。

那女人喘息着，不发一言。她只下意识地，使劲摩擦着手中的小手帕，那方不幸的薄薄的绸子，几乎被她揉出一个洞来。

“好呀！你不响，装死，那就算了吗？”病人只管咆哮，“好好的人不想做，偏偏要做鬼！那个活鬼是谁？你说！你说！你说呀！”

那女人似乎经受不住那种难堪的侮辱，她猛然抬起头来说道：“那是谁？告诉了你，不怕你会吃掉我！那是我的哥哥。他来走动一下，那也犯法吗？”

一旁的那位医师，听到了这话，眼光立刻一亮。他在微微点着头。

“哟！你的哥哥！”病人似乎感到一呆。连着，他又冷酷地讥刺道：“哦哦！我倒不知道，你有这样一位体面的令兄哪！恕我失于招待，不胜抱歉之至！喂！我的好太太，我们是至亲，你为什么不替我们介绍一下呢？”

“嘿！那是用不着的！他穷，你有钱，高攀不上。”

“哦！他穷，我有钱，高攀不上！不错，这话说得有理。不过，他既知道高攀不上，为什么常在我的眼前，白日里出现呢？”

“做哥哥的，来探望一下妹子，那也犯法吗？”

“是呀！做哥哥的探望一下妹子，那并不犯法。不过，你们串通着，那样装神弄鬼，吓人，那也并不犯法吗？”病人说到“你们”两字，眼内的怒火，却像横飞的流弹似的连带波及了那个蜷缩着的小邱的身上。

“哅——哅——呃——”这时，有一种要想遏止而不能的二期肺病似的干嗽声，从这室内光线较晦暗的一角间发出——这是小邱喉咙口的声息。他像一头五月里的垂死的病狗似的，不时伸着舌尖，在舔着他的干燥欲裂的嘴唇。

“我……我们曾吓过你吗？”这是佩莹答辩的声音。她的声带，分明有了显著的变异。但她却还勉强支持着她最后的壁垒，不愿立即移转阵地。

“还说不曾吓我！还敢说不曾吓我！你们，你们串通那个活鬼，扮成了十二年前那个死鬼的样子，当面向我捣鬼，还说不曾恐吓我？！”一种无可遏制的盛怒，使这病人，完全忘却了多年来的顾忌。他一面怒喊，一面颤巍巍地作势，好像要从椅子里站起来，扑向那个女人的身上去。

此际，室内唯一镇静的人，却是那位言行奇特的医师。他本来是仰着脸，取了一种懒惰的姿势，平稳地靠在那只舒适的坦背软椅内，做成一种躺在理发椅上静待修面的样子。他的神态，简直表示出：即使地球翻了身，与他也完全不相干。至此，他感觉到这室内的“火药味”，已增加到了相当严重的程度；他觉得他已不能再维持他的镇静。于是，他微微抬起了他疲倦似的眼皮，发出一种冷水似的声音浇向那个病人头上去，道：“嗳！王先生，最好请你平平气，静静地讨论。夏医师说过：你不宜发怒，一发怒，你的血管，很有爆裂的危险哩！”

呵！这兜头的一勺冷水，其灵速超过了任何最有效的灭火器！当然，一个有钱的人，他决不肯把他自己的血管，看得像一头猪的血管那样轻贱的！因之，这医师轻轻一句话，马上已发生了意想不到的效验。只见病人掉转了他细小的鼠眼，悚惧地，在这医师脸上，闪烁了一下。立刻，他竟很驯良地自动收敛了他十分之五的怒火。

病人的怒火，已被一种无形的冷水，迅速浇熄了下去。但是，相反地，那个女人一听到了“十二年前”四个字，她的俏媚的眼内，立刻被掮起了一种怒燃的狂焰。只见她的身子，脱离了她的座位。她重重咬了咬牙，然后，发出一种恶毒的冷笑，轻鄙地说：“哼！你还敢提起十二年前的事。我正要请问你：在十二年前，你做过了些什么好事呀?!”

这突如其来的反攻，使这病人瞪直了眼，一时呆怔得失掉了应付的语句。

只见，那个女人，她使劲一扭她的颈脖，把几缕披拂在耳鬓边的乱发，抖到了脑后去。连着，她竟像一头发威的母狮似的，直抢到了病人的身前。她一迭连重复地数说道：

“你还敢提起十二年前的事！你还敢提起十二年前的事！你想想：你在十二年前，做过了什么好事情呀!?”

“嘿！好——你自己做的什么好事？我不问你；你倒还要问我吗？很——好！就请你说：我——我做过了什么事呀？”病人定定神，他用一种拖长的调子，强横地这样说。他的刚收敛的暴怒，分明又被对方盛大的火焰，迅速传引了过来。可是，他的语声，虽很汹汹可怖，而在音调之中，分明已含有一种虚怯的意味。

只听那女人，嘶声叫道：“你做过什么事？你杀死了我的父亲！你谋夺了我父亲的财产！十二年前，你在那家害人的黑店里，做的是什么事？你自己想！你自己说！”

这女人带喘，带说，一面提起她的纤足，在地毯上面狠命地践踏，就在这重重的顿足声中，她的凄酸的泪水，却像黄河决口那样，从她怒红的眼眶之中，不断奔泻了下来！

十四

这出奇的揭发，无异于一颗猛烈的手榴弹，抛进了这一间纵横数十尺宽的屋子里！

那个骨节松懈的医师，有一小片的纸烟灰，从嘴角间的纸烟上，被震落了下来，跌在他的坎肩上，但他却没有觉得。

室隅蜷缩着的那个青年，透出了一口别人听不见的气。

尤其那个病人，听到了这出奇的话，他又睁大了眼像在做梦——正像他十二年前半夜站在那扇纸窗前一样。好半晌，好半晌，他方如噩梦初醒似的说："啊！你……你……你就是陶……陶阿九的女儿？那……那个……"

"我不知道什么陶阿九陶阿十，我只知道我的父亲叫作况锡春！"女人用力顿顿脚。

“啊！你是……你是那个……那个白……”病人期期然，想往下说却并没有往下说。

他这一句吞吐未尽的话，却使对方那座已喷放的火山，又作了一度更猛烈的喷放：只见那个女人，眼内飞爆着火星。她发出一种轻机关枪怒扫似的声音，一连串地锐声接口：“白、白、白什么？白莲教的妖人，是不是？”她惨笑一声：“哼！直到如今，你还硬冤诬我可怜的父亲，是白莲教的妖人！凭你这样一句丧尽天良的话，你……你害得他，活生生地，被人挖……挖出了心肝！你……你……”她抽噎着，泣不成声，“现在，请你也把你的心肝挖出来，让我看看，你……你的心，是……是什么心？”

一种悲伤、怨艾、毒恨混合成的情绪，在这可怜的女人的每一滴的血液里，鼓动起了一种不可遏制的酸性的燃烧！这时，倘有一柄十二年前那样的尖刀放在她的手边，她很可能地会抢到手里，立刻埋进她那阴险残忍的丈夫的心口里去。

在一阵飓风疾卷似的叫跳之后，她的不可逼近的怒焰，似乎已因疲倦而低减；接连着的，却是一阵凄酸入骨的悲泣。她用一种郁怒而兼轻鄙的眼光，续续扫袭着那个病人。于是，她带哭带说，申诉出了她的惊心动魄的心事。

“啊啊！我的大经理！”这女人忽用这种奇特的称呼，称呼着她的丈夫，“你用那种毒手，杀害了我的父亲之后，我的全家，弄成了什么样子？你……你……你要听听吗？”她哽咽着这样说：“那时候，我们全家，为了要避难，由我父亲独自先逃到那个镇上去。他和我们约定在那里相会。不料……”她又顿顿足，“不料我们到了那个镇上，已见不到我父亲的面！只见到了低低的一个土堆——那是在一方凄凉的义冢地上——竖着一片惊心刺眼的木片，做着伤心的记识！”

说到这里，她的全身中寒似的发着震颤；她的喉头，已被她的呼吸所梗塞。由于这震颤，由于这梗塞，她分明已无法继续她这断续不连的语句。但她仍努力按说下去道：“嗳！真可怜哪！我的老祖母——她是一个近七十岁的人了，当她远远看到那片木片时，一口痰立刻推升起来，当场晕死了过去！在第二天，她就死在那个举目无亲的小镇上。”

她向那个目瞪口呆的病人，发出一种反常的惨笑说：“现在，请你算一算吧！连我可怜的父亲，一条，两条，这……这、这是两条命了！”

那个病人，举起了他的深陷于眼眶中的两眼，似恨，似羞，似怒。他先看看别人。最后，像无奈似的狼顾着他这盛怒的妻子，仿佛在吁求她：不要再说下去。但他这种无声的求恳，只增加了这女人的悲伤与暴怒。只见她仍努力控制着她的情绪，勇敢地往下说："最可怜的是我的母亲！当时，她在那堆浅土上面打着滚，喊着天！她的嘴角喷着血沫！那些血沫、眼泪、泥土，把她的脸，涂抹成一个鬼脸！有一个尖锐的小树根，刺进她的耳后，有好几分深，她没有觉得痛！唉！真凄惨呀，不到半年，她——我母亲，她也抛下了我……我们，啊！去……去了！"

那个仰靠着椅背的医师，听到这里，他又用力猛吸着他嘴角间的纸烟；他忘却了他这纸烟，熄灭了已有好久。

一声声"呣——呃——呣——呃——"的难堪的干嗽声，仍在室中光线较暗的一角间，不时轻轻发出来。

这时候，天色明明是在晴朗的白昼，而这一室之中，却像堆起了一重阴雨似的可怕的凄暗。这种无形的凄暗，使每一个人的神经上，都感到了一种冷水直浇似的感觉。就在这种难堪的感觉之中，只见那个面白如纸的女人，正自屈着她的震颤的纤指，在做成一种计算的姿势，只听她凄声计算着道："你……你们记清楚，这……这、这是三……三条性命了！"

她又努力说下去："我哥哥虽然不很争气，但是天性所关，自从经了这可怕的事变，他像顿时老了十岁；不久，他的头上就有了白发！还有我……啊！还有我自己……”

说到“我”字，一种过往的可怕的辛酸，使这女人扁扁她的嘴，几乎又要放声大笑。她在一种气息不连的抽噎声中，一字一呃，一字一逆地说：“那时候，我看到了那片惊心的木片，我想到睡在这泥土下的父亲，死得那样的惨！我只觉天地都翻了身！从此，我已变成无父的孤女；从此，我已不再有保护我的人；从此，我失掉了世上最爱我的老父！

“我猛扑到了我父亲的身上——那个土堆上，我不想什么，我只想拥抱住我可怜的父亲的身子！我用我的指甲，尽力刨着那泥土！”

这可怜的年轻的女人说到这里，她忽然震颤地，平伸着她的手背向上的两只手；她把她的手向左右缓缓挥动；同时，她的滞定的瞳仁，凄凉而又僵直地向着四周缓缓看过来，她这表情仿佛表示：这室内正有一千个人，而她却要伸出手来让这一千个人看。

只听她凄厉地呼喊道：“啊！你……你们看！你们看我的手指哪！”

医师随着她的呼声而凝视她的手指时，只见她的十个指甲上，虽然也像别的摩登女子一样，涂着悦目的蔻丹，可是，细看这些指甲，分明不像别的女子那样的光洁齐整；那样子，分明是曾经脱落以后，重新长起来的！

啊！这是她当时刨那义冢上的泥土的“成绩”啊！

这医师感到他的肌肤上，起了一阵虫子蠕行似的感觉。他又静听这女人述完她这悲惨故事的最后一节：

“啊！那时我还只有十五岁咧！在以后的五年中，我的家，差不多是完全消亡了！我做梦也没有想到：好好一个家，会消灭得那样快——真比大风卷去还要快。那时候，我只剩下了一个哥哥，两人相依为命。而我哥哥又是那样不争气！他因失了管束，赌钱，抽烟，无所不为！不多几时，挥霍尽了田地屋子。在我二十岁的那年上，可……可怜哪！我被我的哥哥，骗到了上海，轻轻推进了火坑！

“我那狠心的哥哥，他带走了卖掉同胞亲妹子的一笔钱，从此，一去七年，音讯全无！直到最近，我方始又见到他。”

这女人一阵战栗，猛然伸手掩着面。接着，她又缓缓放下手来，凄声长叹说：“嗳！我的命，太苦啦！在那火坑里，我又受尽了嘲笑、侮辱、作践，种种忍受不下的磨难！天保佑我！还好，不到一年，我嫁人了。啊！我嫁人了啊！”

说到“嫁人”两字，这女人忽而举起她的含着万分幽怨的眸子；像燕子掠水那样，蓦地掠到了室隅那个青年的惨白如纸的脸上，凄凉地停留了几秒钟；她这灼热的眼光，顿使那张奇异的“白纸”，迅速被映上了一重奇异的红色。

在这一刹那间，这青年的眼角间，呈露出了一种异常痛苦的神情；这神情，正像一个爱花如命的人，眼看到他一盆最心爱的“暖室里的蔷薇”，生生受到了暴风雨的摧残，而竟无法加以挽救似的。

那个医师，拿下了他口角中的熄灭已久的半截烟，暗暗点着头。他在想：“嗳！一支回忆的毒箭，穿碎了一颗心；而那箭镞，又带伤了另外一颗心！”

连着，又见这女人，用她狠毒的视线，猛扫了那个病人一下；她无力地仰着脸，发出了一声绝望的惨呼：“我……我的天！我……我哪里想得到呀！我竟会嫁给了仇深如海的杀父的仇人！”

这可怜的女人，说完了她最后的一句话，同时她也用尽了她全身最后的一分力。她像一个大病初愈的人，一口气，奔驰了一百里的路程。她伸手抚着头，身子一连几晃，仿佛这憩坐室中的地板，已变成了太平洋上一艘海船中的甲板。

“啊——呀！”这时忽有一个比蚊鸣更轻细的惊呼声，不自禁地，从小邱的口边吐出。他分明想要抢上前去，搀扶那个摇摇欲倒的女人。但是，当他一眼看到斜对面的两条冷酷的视线时，他像猛然省觉似的，并没有这样做；甚至，他连预备动作的姿势，也像刹车那样强制住，而并没有表现到外边来。

而那女人呢，就在小邱将动作而不曾动作的一瞬间，她似乎已感受到了一种无形的催眠，只见她的身子前后几晃，酒醉那样摇摇地向着小邱怀内直扑了过去，而结果，她却颓然倒入了贴近小邱身旁的一只椅子里。

十五

以上的动作，分明隐藏着一种细微而不易觉察的情感的伏流，暗暗在摩擦出一种灼热的火花来。这在那个医师的冷眼之中，看得已非常清楚。因之，这时有一个新的意见，走进了他冷静的头脑。他想："从多方面观察起来，显见这一双男女，他们在某种过程上，必已具有一页相当长的历史；甚至，这女人在未嫁王俊熙之前，她和这青年，先已培植着一种粉红的蓓蕾，那也说不定。"

这一点意见，是这医师冷眼偷觑这女人提起嫁人时的那种特异的眼光，而观察得的。

当他这样想时，他取出了打火机，把那半支烟，矜持地燃上火；由于他这严肃的矜持，使他的额部，堆起了一种近五十岁的衰颓的暗影。但，这仅仅是片瞬间的事。他把他的背部，在椅背上靠得更紧一些，一面闭上眼，把他的思绪，送进了冥想的渊海。

他开始这样想："全部的事情，前后聚集起来，可以得到如下的归纳：这王俊熙，在十二年前，曾用阴险的方法，杀害过一个人。五年以后，他无意中，娶了那个被害者的女儿做了妻子。又过了七年，他又遇到了那个被害者的儿子——他的从未见过面的妻舅，他误认他这妻舅，就是十二年前被害者的冤魂。他恐慌得了不得，在醉后吐出了他的隐事。他的妻子，才知她的丈夫，就是自己的杀父仇人。于是，她索性串通了她的哥哥，和另外一个人，用种种可怕的方法，加以有计划的恐吓。因之，便演成了许多离奇的事实。"以上便是这件神秘事件的全部的轮廓。

他又想："在全部的事实中，有好几点，值得注意。第一，那个被害者的儿子，最初出现于王俊熙的眼前，分明出于无心，那完全是件偶然的事；直到第三次的鬼魂出现，方始构成有计划的恐吓。第二，这全剧的导演，当然是小邱；那个吃白面的'鬼'，料想起来，一定不能构成这种精密的设计，他不过处于演员的地位而已。第三，那个扮鬼的角色，他的面貌，和他十二年前死去的父亲，真会像到一模一样、丝毫无异吗？这问题，牵连着一种心理上的变态的问题。由于遗传的关系，父子之间面貌大体相像，那是习见的事，并不足怪。至于一定说，像到丝毫无异，那也许不会呢？因为，一个人的脑膜上，无论留下如何深刻的印象，经过了十二年的悠长的时间，无疑地，这印象必然有了模糊之处。这也像一张照相的底片，日久以后，影子必然要逐渐淡褪。不过，由于心头多年的疑影，偶尔遇见相似的印象，便很容易会引起一种心理的错觉。于是，原来只有一分相像的，会扩大成三分像，原来有三分像的，竟会变成九分或十分相像。王俊熙所遇到的事，大概也是这样。第四，这一出戏剧中，所有的道具服饰以及化装，等等，怎么会那么的逼真呢？这问句，是容易解答的：因为那个扮鬼的名角，十二年前，亲眼见过他老父逃难时的化装，当然留有相当深刻的印象。在十二年后，要他依样画成一个葫芦，当然并不十分费事。至于眉心间的钢叉纹与耳朵上的黑痣，也只需要举手之劳，便能装点起来，格外不成为问题。第五，那小伙儿一群人——佩莹、小邱，加上那个吃白面的鬼，他们为什么，要那样地恫吓着这位闻人先生呢？代父报仇，使那个阴险残酷的家伙，受到一种精神上的报罚，这是属于佩莹方面的主要的动机吧？但这报罚的方法，也许还是出于小邱的提议。其次小邱本身，因急用而需要钱，这也许是一个凑合的原因。但，这一个原因，并不一定可靠；也许这是一个烟幕，也论不定。除了以上两种动机之外，在这离奇的事件中，分明另外还有一种较隐秘的动力，含藏在里边。这多是出于小邱方面趁火打劫的企图。至于那个女人，是否谅解这种隐秘的心理，那还不可知哩。”

“总之……”他的口角间，露出了几缕微烟。他准备再细细思索下去。但是，他的静静的思绪，却被一种极度严重的喧嚷所打断了。他只听得那个病人，忽又发出疯狂似的怒吼，在他耳边震荡着道：“哈哈哈！好！你们……你们这一群鬼！一个是代父复仇的孝女，一个是打抱不平的英雄！还有一个，还有一个……嘿！你们吓死了我，准备怎么样？嘿！好！看你们真要好哪！眉来眼去，以为我永远不知道。”

声音略顿了一顿，那狠毒的声气，又切齿地说：“好呀！你们收拾过了我；现在，轮到我来收拾你们了！哼！”

这疯狂的轰炸声，使这冷静的医师，睁开了他的疲倦似的眼。他一眼看到他身旁的情景，不禁感到一种震惊！

他不明白这病人，怎样会引起这第二阵的大火。实际，病人这种较前更炽的火势，正是被那男女俩的眼中的热电，摩擦出来的。

只见那个病人，已从椅子里站了起来，拄着那支粗手杖，忒愣愣地正在发着抖；他的怒气，委实已由炽燃，而成了白热，复由白热，而起了升华的作用。尤其怕人的，却是他这时的那种使人一看就要睡不熟觉的脸色！

啊！读者们，你们可曾看到过地狱中的厉鬼吵架时的神情吗？——你们当然不会看到的，那么，请看这时的王俊熙，至少，他这时的神色，可以代表那种地狱鬼怒的神情！

他的带病的苍白的脸，已由盛怒而泛起了一重青灰色；青灰上，抹着一层薄薄的油光；在抹油的青灰之下，隐隐又透出了许多浅黑的斑点——关于这一点，当时曾使那个医师，向它发生了好几秒钟的诧视。再看他的牙床，向外突张了出来，做成一种龇齿的姿态。两个眼眶，看去更显得深陷——不论何人，一看到他这眼眶的样子，很可能地会联想到仪器馆中所悬挂着的骷髅！但是骷髅的目孔中，是没有眼珠的；而他却有一对深陷着的发光的东西，在那里一闪一烁！因此，看去比那骷髅，显得格外可怕！

这时他又像一条刚出洞而被人惹动过的毒蛇。他不时举起他的手杖，颤巍巍地，向前撩拨作势，代表了毒蛇吐吞的姿势。那两枚蕴毒的蛇眼，凶射了佩莹，缓缓回过来，又凶射着小邱；凶射过了小邱，缓缓回过去，重又凶射着佩莹。他分明小心地，在选择他的敌人，看要先噬哪一个？同时他又像在选择敌人的要害，准备把他的毒液，猛烈地喷过去。

这种极度可怕的神气，不但使对方那双遭受攻击的目标看着战栗不止，个个觳觫作了一团。就连这一个身处局外的冷静的医师，全身也感到了一种不自然的感觉。

这时候，倘若没有一种意外的事情，从中加以阻拦，也许，在不到一分钟的时间以内，这间纵横数十尺的屋子里，便要有些疯狂性的事实，会演变出来。

然而，那意外的阻拦，毕竟来了；因之，那疯狂性的戏剧，也终于不曾演成。

“嗳！慢一点！有一件最重大的事情，还没有解决咧！”极严冷的语声，忽然从医师嘴里这样吐出来。

“什么事？”由于这医师的语声的特异，却使这盛怒的病人凶狞地旋转了头，暴声发问。但他的语气，分明已不再顾忌“血管爆裂”的警告。

“请你坐下来听，好不好？”医师做出了一个他所习惯的小动作，他把他的一支未燃的烟，向前画了一个圆圈，悠然地重复说：“有一件很要紧的事，还没有解决，这是有关你的生命和名誉的。”

“有关我的生命和名誉？”病人的怒眼中，包含了困惑。他真驯良！驯良得像一头哈巴狗。他迟疑地坐下了。

“昨天晚上，夏医师告诉我，他有一点东西在这里失落了。”医师又恢复了他的不冷不热的声音。

“在这里失落了东西，要我赔偿吗？嘿！”病人挟着怒气。他的鼻孔，翕张了一下。

“我希望你，能够不必负这赔偿的责任，那才好哩。”医师冷然这样回答。

“他失落了什么东西呢？”病人焦躁的声音。

“一小管马钱子精——那只是一小管而已。”

“马钱子精是什么？”病人的问句，已经有点异样。

“毒药！”医师用钢打那样铮铮然的声音，简单地回答。

病人的眼珠，现出了严重的惶惑，其余四条视线，也现出了相类的骇怪。

只听医师继续说道：“那虽是小小的一管，但它的含量，足以毒死十口猪猡而有余！”他说到这里，蓦地，用一种极度紧张的眼光，扫上了小邱的脸部，厉声说着：“喂！邱先生，方才你把一些白色的粉末，偷偷倒在牛奶杯子里，那是什么东西呢？！”

小邱的头上，似被打了一个不及防的暴雷，他的惊惶的眼珠，几乎要脱离眼眶的管束而跳出来。

那个女人，突然听了这种完全出于意外的话，她喘息地看着小邱，呆住了。

一室之中，一共八只眼珠，在这极短促的一瞬中，有三双视线，不同样地射到了这青年所在的晦暗的角度里。

这时，室中最紧张而又最骇人的一个场面发生了！

只见那个病人，额部像泉涌那样，分泌出了黄豆般大的黏腻的汗珠。他把他的全身的重量，支撑到手内那支橡木手杖上。霎时，狂颤而挣扎地站起；立刻，又无力而颓然地倒下。他狠命举起了他的惊、讶、畏、恨，一时聚集而不可名状的眼色，死劲盯着小邱。他从一种粗重可怕的声气之中，迸出几个字音来道："小……邱，你……你这鬼！你……你……你竟敢……你……竟敢……"

他本来想说："你竟敢用毒药来毒死我！"但他这一句句子，终于没有完成。说到半中间，他蓦地伸手，抓着自己的颈项，好像他的喉内，已在冒着烟火；接连着，他又一把抓起他那黑缎睡衣的胸襟，显示一种非常的痛楚。在这最短促的片瞬之间，啊！可怕啊！他忽把他的眼光，从原来的地点，突然收回——那样子，好像他的视线，是被一种什么声音，呼唤过去的——当时他不再看着小邱，也不看着佩莹，也并不看着医师。他缓缓举起一种战栗的视线，搜寻似的看到了室中另外一个并没有人的角度里，他这怕人的表情，仿佛表示：这室中突然又走进了另外一个第五个人来！只听他发出一种鬼迷似的哀吁的呼声，模糊，断续，而又阴森地呼喊道："啊！你——你——你让我——忏——悔——"

一语未毕，只听他的喉头，发出了"轰！""轰！""轰！"火车机头开动似的声气。在几秒钟内，众人眼看着他的目光，由扩张而涣散，而昏瞀，而盲瞽！最后，他再伸出一手，在空气中，盲抓了一阵，紧接着是一阵剧烈的痉挛。只听"啪"的一声，那支橡木的手杖，在他另一手内松放下来，跌落在那精美悦目的地毯上。

于是，寂然了。

十六

读者或许要问："这是怎么一回事呢？"

笔者可以这样回答："看样子，似乎我们这位闻人先生，在这极短促的瞬间，已鼓动他的赛跑的长腿，用了最高的速率，到达了'马拉松长跑'的终点了！"

此时，那位医师先生，他和这位生命赛跑的锦标者，坐得最为接近。论理，他看到了这种赛跑的惊人速度，应当表示一点惊诧——至少是讶异——但是，他并不，甚至，他的钢制似的颜面神经，并未因此而有一丝一毫的变动；那样子，好像他在五十年前，早已知道了这么一回事。

他真从容哪！

你看，他把手内那支残烟，郑重地熄灭了火，吝惜似的把它收藏进了他的精美的烟盒——这明明表示：在他眼内，看得身旁这位闻人的价值，还远不及他手中半支残烟那样的可贵。

收起了纸烟，连着，他轻捷地跳起身子来，走到那扇室门前，验看了一下那个闩子是否闩得好。

最后，他方回身走到那位和平而又忍耐的闻人的身前，俯下身子，在这闻人的额上，亲密地抚摸了一下子。他又拨开这位闻人生前瞧不起人的高贵的眼皮，约略看了看。旋转身子，他一脚踢到了那支横在地毯上的手杖，他从容捡起，把它安放到它旧主人的身前。然后回过头来，向着刚触过电流似的那双男女，恬静地说："呵呵！米虫钻进饭锅，煮熟了！"

只见那双男女，活像一对冰块雕成的塑像，睁圆了眼，声息全无。

那女人好像一个跌重了的孩子，好半晌，她方始透过一口气来。只见她很慌骤而又很迟疑地，预备抢到她这最亲爱的杀父仇人的身前去，细看一个究竟。但她这热心的行动，却被那个仁慈的医师挡住了。只听医师说道："这是并没有什么参观的价值的。这种讨厌的东西，近年来，马路上多得很哪。"

"哦！他……他……他死了吗？"这女人的舌尖跳着

舞，发出“悲婀娜”[1] 上弹出来般的音调。她好像方始省悟似的那样说。

“嗯！他好像……”医师说道，“他好像并不活着了。”

呵！女人的心理，正是一种最不可捉摸的东西！三分钟前，那位闻人在这女人的眼光里，还是一个所谓“仇深如海”的杀父大仇人；可是，仅仅隔了三分钟后，至少她已并不再把他当作仇深如海的杀父大仇人。因之，她的还没有干燥的眼圈，忽又微微泛上了一丝红色的潮润。她悚惧地抬起了她那双矛盾的痛苦的眼睛，先向对方那只寂寞的椅子里偷觑了一眼，她再望望那扇门，随后，她回眼死盯着小邱，责问似的颤抖着说：“你……你……你……”

她分明想说：“你怎么会做出那样的事来？现在怎么好呢？”

“不必慌！这里暂时还不会有人闯进来，一切有我哩。”医师也望望那扇门，用镇静的语声，安慰似的这样说。

这医师的代答，使那遭受了天打似的青年，得到了一个召回灵魂的机会。他看到那女人的责问的眼光，用

---

① 悲婀娜：音译，即 piano，钢琴。

一种带哭的调子，非常费力地说道：“啊！佩……啊！师母！我没……没有……没有呀……”

他的喉头，好像已布下了一道封锁线；而舌尖上，也似乎张有一重不易通过的铁丝网。

医师举眼向这失魂似的可怜的青年看看，眼角露着怜悯。她又回眸，望望那个怒目狰狞的死尸。医师的眼珠，转动了一下。

“哈哈哈哈哈！”他忽然仰起头来，发出了一种怪鸱夜鸣似的扬声大笑。

这笑声把对方的一双男女，推进了重重大雾之中。

只见这医师走上前来，拍拍小邱的肩膀，好像父亲抚慰着一个被责过的孩子。

“好兄弟！你别急！”他说，“我知道你没有——你没有偷过夏医师的毒药；你也没有把什么东西，放进那杯牛奶；换句话说：夏医师根本不曾失落过什么马钱子或马后子精；这就是说：你也根本不曾毒死你的老师！”

略停一停，他再坚决地补充道：“是的，我必须承认，刚才我所说的话，那完全是玩笑，请你们不要介意。”

“玩笑？”小邱的声音带着颤，他完全迷糊了。

“啊？！你说，他没有毒死他吗？他……他没有毒死他！这……这是真的吗？”那女人抢上前来，急急地这样说。惊悸的眼角中，夹着一种快慰的希望，但她的语气，明明透出不信。

“我何必骗你呢?” 医师恳切而坚决地说。

“咦? 那么，他怎样会……会死的呢?” 女人望着那个僵硬的东西，悸恐而又怀疑。

“我在施行我的一种试验……” 医师似乎关心着他半支未吸完的烟，他又缓缓掏摸他的纸烟盒。他继续说：“如果你们的肚子还不饿，可要听听我的试验的方法?”

小邱愈听愈糊涂。

那焦悚的女人，愈听愈不懂。

只见这医师，又像招待来宾那样，在向他们摆着手：“请你们暂坐片刻，好不好?”

这一双男女，分明早已感到了这位神奇人物的不好说话。他们无可奈何地接受了这客气的命令。

坐虽坐下了，却像坐到了一个烧红的炉子上。他们的精神，已全部被那死尸所吸住，每一秒钟，都在增加着焦悚。他们似乎感到他们的手足全部成了多余，而有无处安放或遣散之苦。

“我劝你们二位——” 医师自己坐下，喷出了几个恬静的圆圈，他说，“应该把你们的目光放得大些，愈大愈好；再把那个讨厌的东西看得小些，越小越好；你们不妨把它看作一个死苍蝇! 能够这样看，于摄生方面，必定有些益处的。”

医师的话，虽然说得像半寸灯草那样轻飘，可是，陈列在眼前的死尸，毕竟是一个庞大刺眼的死尸哪！它绝不能因这几句轻飘飘的话，而真的变成一只死苍蝇。因之，他说的话，仍不能影响这一双男女的刺促不宁的神态。

他向他们看看，似乎有点不耐。于是，他沉下脸来，用一种严肃的调子说：“的确！你们应该仿效一下死者生前的人生哲学！喂！你们想：十二年前，他眼看人家，活活被挖出了心肝，他并没有皱皱眉！这是发财人的必要的镇静态度哪！你们不能学学吗？”

这最后几句话，似乎产生一点小小的效果了。只见，一缕凄楚的暗影，迅速地又浮上了这女人的惨白的两靥。她果然把注意那死尸的眼光，怨愤地收回，而凝视到了她的那些刨过泥土的指甲上。

再看那个青年，一听这话，他似乎已想到了死者生前的阴险残忍。只见他勃然作色，好像他的胆力，一时已壮健了许多。

医师向他们笑笑说：“那很好，就请你们静听我的新闻吧——

“在外国地方，有一个很著名的心理学专家——”他吸了一口烟，抖动着他的交叠起的脚尖，开场这样说起。

哈！真可佩服！在眼前这种局势中，他居然有这闲情，演讲什么新闻！而且，一个外国地方的心理学家，于眼前的事，会有什么联系呢？

那双男女，焦悚地看着那扇门，又焦悚地看着他。他们感到肠子有点发痒。只听他又悠然说下去道："那个心理学家，告诉人家：他能不用刀，不用枪，不用一切杀人的东西，而能凭一种神奇的方法，送人回家，取得'总休息'。

"一次，他向刑事当局，求得一名将被处决的死囚，施行他的试验。他向那个死囚幽默地说：'吃饭'与'死'，是人生的两大问题。吃饭，应当选择可口的菜肴；死，当然也该选择'可口'的方法。上缢架是苦味的；坐电椅，滋味也太辣；所以现在，我要请你尝尝一种'美味'的死法——

"他——这心理学家——用一方布，扎住了这死囚的两眼。然后，把这死囚牵引到一个自来水的龙头边去，说道：'我要割断你的脉息，放尽你的血液，使你死得毫无痛苦。'说时，他用一柄小刀，在这死囚的脉窠上，用力割了一阵——你们记着，他用的是刀背——随后，他把自来水的龙头，开放了一线，使它发出滴滴答答的声息。他向这死囚说：'你的脉息，已经割断了！听到没有？你的血，正在流出来！是不是毫无痛苦？现在，你全身的血，流掉十分之三了！啊！十分之五了！十分之七了！啊！还剩二成了！一成，半成了！啊！差不多——呀！完了！现在你立刻就要死了！你看，毫无痛苦，是不是？'

“这心理学家一连说了三遍毫无痛苦，只见那个死囚的头，渐渐低沉了下去。当他把死囚脸上那方遮眼的布拿下来时，只见这死囚果然毫无痛苦地，升上了天国！”

医师滔滔然，一口气说完了他这新闻。他忽又扬声大笑，一面解释着道：“这新闻的性质，似乎有点荒谬，我也是从别人那里听到的。我因为不相信这话，所以亲自要试试。感谢我们这位王先生，他真慷慨，给了我这样一个增进学问的试验的机会！”

那青年听出了神，直到听完，他瞪着眼，似乎依旧有点迷惘。但，他想了想，忽而恍然大悟。只听他“哦”的一声喊道：“啊！你仿效了那个心理学家的办法，你——”

“不错，我的话，和那心理学家告诉死囚的话，原是大同小异的。”医师微笑着接口。

青年期期地道：“他……他是被你吓死的！”

医师又点点头：“正是，吓死了他，解救了你们。”

“解救了我们？但，但是，你……你已害了我们咧。”青年的紧张的眼光不期而然，又飘到那个死尸身上去。

“害了你们吗？我要提醒你们，请你们记着：夏医师说过，死者本来害着极厉害的心脏病，而且我，我也是一个医师，我有我的舌子哪。”医师站起来，把他第十枚的烟尾，轻轻抛进痰盂。他用抚慰似的声吻，补充说：“我请你们‘节哀顺变’，先放开胃口，吃毕一顿过时的午饭，然后提起精神来，准备料理盛大的丧事。”

他又掉转视线，向这新出品的孀妇说：“喂！王夫人，啊！不！暂时我应称你为况小姐——我希望不久，我能称你为蜜雪丝邱——啊！况小姐，在热闹的孝堂里面，我预先祝福你们二位，能合饮一杯法国式的咖啡！”

那女人的惨白的脸，变成绯红。她已不暇流盼那个死尸。她只下意识地，低头整理她的衣纽。

小邱抑制着怒气，期期然说道：“但是，我也要提醒你，也要请你记着：这……这是人命呀！”

“人命？”医师猛然回过头来说，“在眼前这个可爱的世界上，最轻贱的，就是这两个字！请你不要放在心上吧！有我哩！”

说到“有我”，他并不指着自己的鼻子，却是指着自己的耳朵。

十七

写到这里，这一篇用过了好几百“！”式符号的冗长的故事，应该可以结束了。可是，在笔者的疲倦了的钢笔尖之下，似乎还有几句话，是有补充一下的必要的：

那天，当余化影医师走出那间憩坐室时，他已预先拨开了那只常用的落地式的收音机，使它播放出了必要的节目。他走到外边，向众人报告说：“那位王先生，心脏病勃发，打强心针也来不及，死了！”当时，王家的那些下人们，虽然有些讶异，可是近一时期，他们看到主人的形容，那样的消瘦、失常。他们久已准备，迟早之间会发生这么一回事。因此，他们接受了这意外的消息，并不感到如何的奇怪。

并且，余医师走后，第一个到场的人物，便是那位夏志苍医师。这老医师把死者的尸体，检查了一下之后，他的眉毛皱得很紧。最后他也声言："死者正是由于急剧的心脏病，不及救治而死。"有这两位"可靠"的人物，一致加以证明，于是，这事情在当时，便不再有何麻烦——并且，直到以后，也不再有何麻烦。

我们这位闻人死后，那唯一合法的继承人——他的妻子佩莹便接受了他的全部财产。哈哈！细想起来，这里面含有一种循环式的因果哩。然而，这因果却也十分自然，似乎并不含有任何迷信的意味在内的。

那个女人的胸襟，相当的阔大。她对她的哥哥——况又春并不记前怨。她很慷慨，把她的财产，剖出了一小部分，对她哥哥，做了一个自愿的赠予。在她的意思，以为王俊熙的财产，原是由她父亲遗传下来的；父亲的财产，原该传给哥哥。所以分赠他一些，那也非常合理。

可是，一个吃白面的家伙，一旦得到了大量的金钱，将会产生如何的后果，那是不难想象而知的；结果不久，这一位扮鬼的名角，他由扮演假的鬼，竟进一步而扮成了真的鬼。他对于那种一度尝试过的工作，似乎已发生了兴趣；他的工作态度，委实是相当"认真"的。

其次，那位邱仲英先生，与这位况佩莹女士，他们在这一场风浪之后，是否已经结合起来了呢？笔者记述这篇文字，初意只想写出"吾友"鲁平生平经历的事实之一，并不准备描写关于情感的文章。因此，对于这男女俩的最后一笔账目，准备不再提出负责的报告。

最后，这该提到“吾友”了。那位神奇的余化影医师，他在这件事里，得到了些什么呢？

提起这位余医师——当然，他另有许多别的姓名与职业——他的生平，一直抱着一种“决不空手”的主义；他所习用的口号，乃是“一切归一切，生意归生意”。这一次，他虽充当了一名临时客串的医师，可是，在这一次客串之中，他已沾染到了一般大名医的习气。在他的临时性的“诊例”上，居然也有病贫一概不“记”的字样——所谓不记，当然是指决不记账而言。何况这一次，他所遇到的，又是一位有钱的闻人。

因之，那天当他跨出那位闻人的公馆时，他的玩具式的黑色手提箧内，早已很谦让地，装进了二万元的出诊的诊费——不！这该说是秘密保险费；或者可以说是杀人应得的酬劳费——也像十二年前的王阿灵，取得了他的杀人应得的酬劳费一样。

光阴先生，不问人世间有几许离奇曲折的故事，它只是向前飞奔，绝不顾盼。眨眨眼，距离我们这位闻人的死，匆匆已达一百天。

这一天，那位王夫人，假座本埠极著名的玉佛寺，举行“照例”的超荐。在这古丛林的一角庭院之中，王夫人照例在播送她的特别节目，小邱先生，照例在帮同

“照料”一切。那些和尚们，照例在叮叮咯，咯叮叮，欢送那位王阿灵的亡灵，大步踏进那座专接恶人的天堂。

巧得很！笔者准备向旧小说家们，乞假一句成语：“无巧不成书！”这天，在这古丛林的另一部分——大殿上，那位最初出现于这故事中的天台宗的雪性大法师，恰巧又被请到这寺内，在做佛学上的演讲，在演讲中，他又说出了以前说过的几句：

杀害了人家的，结果，难逃被人杀害的惨报！

可惜这位雪性法师，对于我们这位闻人的“行述”还并不知道哩。假使知道，也许他会补充上如后的几句：

谋夺了人家财产的，结果，自己的财产，终于会被人家谋夺去！

更有凑巧的事哪！这一天，那位余化影医师，他居然也在男居士的听经度中，占了一个位子。他，怎么会到这里来的呢？说出来很滑稽。原来他在那位闻人的府上，取得了那笔沾有血腥的出诊费后，在短时期内，竟用这些钱，换得了一些失败的“惨报”。——本来他对于佛教，原是一个具有某种信仰程度的非形式的信徒，不过平常，他并不喜欢听经拜佛。而这一次为了失败，他却遁迹到这佛地上，做了一度五分钟式的逃禅。在他，也算是忏悔忏悔他的业障吧？

提起忏悔，他用那种离奇的方法，杀害了那个闻人，这该忏悔一下吗？

不！该忏悔的，并不是他，却是另外一个人。因为在这故事之中，还有一个最后的小小的曲折，不曾揭露出来咧。

当王俊熙初死的时节，这余化影医师，曾经拨开他的眼皮，察看了一下。啊！奇怪！当时他发觉，那死者的突然暴毙，真的竟是中毒而死的！但是，为了某种原因，他非但没有声张出来，反放出一种离奇的烟幕，掩护住了那个凶手的罪行。

这凶手是谁呢？不用说了，当然是小邱。

可是这小邱，他用什么东西，毒毙他这老师的呢？

据这余医师的料想，他一定是用着一种慢性而不易觉察的毒品，在许多日子内，渐渐分次送给他的老师服下的。

那么，那天他在调制牛奶的时候，可曾把那毒物，真的偷偷放进那杯中去吗？啊！那不会，那一定不会的。你们想：一个下毒药的凶手，当着一个医师的面，他会把他的毒药，堂堂皇皇使用吗？料想世间绝没有那种傻子的。

还有那个夏志苍老医师哩，他怎么也会一无表示呢？是的！他的观察与判断力，一定不及那个“初出道”的余医师吧？呵！这是笑话！

可是这里面，却真的有些笑话在着哪！

原来，当天这夏医师一眼看到死者的状况，立刻便已感到情形有些可疑。并且，他还看出死者在临丧命前的刹那，曾发生过一种“强直性”的痉挛——这在国医们的术语中，称之为“角弓反张”，这正是中了某一类毒物的现象。想到中毒，立刻使他想起：隔日，他曾和那个莫名其妙的医师，提到过马钱子精的话。啊呀！不好！不会是那个家伙，因为偷到了自己的口风，而竟把过量的马钱子精，送给病人服下了吧？看情形很有些像哩！因为误服了马钱子精，正有这种角弓反张的现象的。果真如此，那么病人的暴毙，自己似乎该负一点间接的责任哩！这位“可靠”的老医师，原是一个胆怯畏事的人物。想到这里，他立刻自动取出了他的橡胶布，在他自己嘴上，加上了一道十字形的封锁线。

呵！倒霉了王俊熙，便宜了小邱。仔细想想，这事情真是有点可笑的。

那么，小邱为什么要毒死他这有面子的老师呢？关于这事，里面还牵连着一段悲剧式的罗曼史。如果读者肯守秘密，笔者可以悄悄报告出来。

原来，那位况佩莹小姐，与这小邱先生，不出余化影的意料——他们的结识，果在王俊照之先。结识的所在，就在所谓“火坑”之中。当然，那时候的况小姐，她是另外有着她的霓虹灯上的芳名的。当时，他们“照例”盟山誓海，已有嫁娶之约。可是，读者们，你见过那张弓插翅的爱神吗？嘿！你看，这可恶的小东西，它的造像，不是往往是用黄金鼓铸起来的吗？于是，在一种必然性的结果下，这小邱终于做了情场上的劣败者。当时这事情，曾使这个热血沸腾的青年，几乎疯狂，几乎要自杀。最后，他在无办法中，找到了一个办法。他打听得他这未曾会面过的情敌，是本埠一位富商。于是，他辗转托人，投拜到了这位富商的门下，做了他的一名门生。借此，可以接近他的“生命之泉源”。

这可怜的家伙，他的用心，着实是很苦的！

至于这一次，他从佩莹嘴里，听到了他老师的十二年前的那种残酷的隐事，青年人的热情之火，引起了他的不可遏的“正义感”。于是他毅然决然，暗自下了这仁慈的毒手，准备把他心底的偶像，从不合理的环境中解放出来。

那么，他这勇敢的举措，是否完全由于纯粹的正义感呢？关于这，笔者至少在暂时，还不敢下肯定的答语。

不过读者们是明白的，你们请看：在那产金沙的沙滩上，有几多耀眼的金沙会是纯粹而竟不掺入一点其他沙土的杂质的呢？

除此以外，还有一种推想：也许王俊熙在这件闹鬼的把戏上，他对小邱，已经有些怀疑；小邱无奈，方始下这毒手。这也是一个可能的理由。

总之，由于以上这一个最后的揭发，可知杀人的责任，并不需要我们那位神秘朋友负担起来，那是无疑了。

讲到这位神秘人物，他的为人，有一部分的读者们是知道的：他生平，虽曾做过许多许多“恶意的善事”，或是“善意的恶事”。但是，他所最恨恶的，却是杀人与流血。——这是他和那位震惊一世的“海尔希特勒”，最显著的不同点。他既不曾杀人，当然，他也无须忏悔。

然而不！仔细想来，他还是要忏悔的，论理，他在这件事里，既知道了这暗幕中的真相，就应该使那杀人的人，受到制裁才对。

他为什么并不声张呢？

从人世间的法律上说，他有“庇护罪人”的过失（这在法学上的名词，就叫作“不作为罪”）。而在佛教上，他这过失又名为“随喜的”罪恶；这种随喜的罪恶，从佛法说来和直接的罪恶，几乎是相等的。

可是，在那位神秘人物的脑球内，却具有一种思想上的隐秘。趁这机会，让我一并揭发了吧！他的一生，抱有一种绝对错误的思想：他以为不论哪一个人，在某种热情状态之下所造成的罪恶，都应该加以宽恕的。由于这种乖僻的主张，所以他对小邱的杀人，非但并不声张，而还给以掩护的烟幕。

以上，便是这种神秘事件中的全部的秘密了。

请读者们判断吧！那位神秘朋友的罪恶性的思想，是否应该忏悔忏悔呢？

博物院的秘密

有许多朋友，常常捉住了我，要我说故事。

在我遇见那个戴红领带的朋友时，我便捉住了他，要他为我说些故事，以便转述给我的朋友们听。

他是一个奇异的人物，生平有很多奇异的经历。

他常常把他的奇异的经历告诉我。

而他又是一个说谎的专家，逢到无事可说时，他便告诉我一个谎。

他说：这世界，整个就是一个谎。越是了不起的人，他们越会说谎；而越会说谎，也越使他们了不起。在以前，说谎是恶习；而现在，说谎却成了美德。

为了养成美德，他也学会了说谎。

于是他又为我说了一个离奇得近乎荒诞的故事。

这可能又是一个谎。

现在让我转述给你们听。

说不说由我，信不信由你。

这故事发生在××大学附设的博物院内。

最先出场的角色，就是这博物院的守夜人。有一大半的事情，都是由他嘴里生龙活虎地说出来的。听着，也许不由你的神经不感到紧张。

在先前，博物院内原没有守夜这个职司。每天开放时间一过，把门锁上了就算。可是，在几个月前，院内忽然常常遗失东西，所失去的，是些整匣子的蝴蝶标本。这在普通的人，拿了去简直分文不值，而在院方呢，却是一种学术上的重大损失。是谁偷的呢？因为事后不留痕迹，事情竟然成了悬念。院方不得已，这才破例雇用了一个人，临时充当守夜的职司。这个守夜，已有四十多岁，人是很诚实的。晚上，就在二层楼的甬道里面，架个床铺睡在那里。他的视线，可以顾及出入的要道，和几间比较重要的陈列室的门。

博物院内自从有了这个守夜，果然不再失去东西。这可以证明，以前失落的标本，真是有什么人乘夜潜入带走了的。从此，这守夜人便一直留在院内，暂时不再撤铺。

不料过了一阵，又有一件更新鲜的事情发生了。这事情的经过，简直荒唐得不近情理。

原来，这博物院内，新近运来了两座大标本，一座是非洲产的猩猩，另一座是北极产的巨型白熊。这两座标本运来之后，因为一时没有适当的橱柜可以容纳，暂时便在楼上第五号陈列室的一隅，着地安放下来。

那座白熊的标本，价值相当名贵。它的制造也有点特别，普通兽类的标本，都是四足直立，做奔走的姿势，而这座白熊，却是支着两只狍形的后脚，像人一样，站在木座之上。它的前爪向前伸展，像是扑人的样子。尖嘴微张，露着长牙，那一双假眼，淡黄色之中带点绿色。整个的姿态，显得十分狰狞。

这两座新的标本陈列之后，很引起参观者的兴趣。可是陈列了不到两个星期，那只大熊，却突然不见了！

它是怎样不见的呢？没有一个人能说得出来。总之，在前一夜，它还张牙舞爪，站在木座上面。第二天早晨，这第五号陈列室的一隅，只剩了那只黑猩猩，孤凄地蜷缩在那里，它的白色的同伴，却已影踪全无。

白熊是不见了，抛下那个木座没有带走。木座上，矗着两枚大钉尖，这就是钉住两条熊腿的东西。这样子很像这个白色庞然大物，因为酷爱自由，已经从这狭窄的木座上面，努力挣扎下来，跑出去玩儿去了！

就在白熊出走的同一夜晚，另一间陈列古物的陈列室中，有一柄商代的匕首，同时也宣告失踪。这柄匕首，柄长六寸，刃口非常锐利，很可以用作杀人的武器，并不像别的古代刀剑，只是一件烂铜废铁而已。

据这守夜人说，熊与匕首被窃的这一夜，整个的院屋，静寂得像一座大坟场，他可以发誓，并不曾听到过什么声息。而且，自第五号陈列室起，各处的门，各处的窗，门是闩着的，锁是锁着的。事实上，就连一缕烟雾想偷飘进来，那也并不可能。照理说，有人偷走了这么一件庞大的东西，多少应该留点痕迹。可是那个“戴耳环”的贼，干得非常干净，竟连半寸长的一段棉线，也不曾留下供你做什么侦查上的线索。

总之，这一件事情的可异，就是毫无痕迹。

不！痕迹是有的，那个痕迹太骇人了！

原来，在第五号陈列室的棂窗之下，那里有一带灌木，圈成一小片隙地。前几夜，曾下过一场大雷雨，把这隙地上的一层浮土，冲洗得像镜面一般光滑。在大白熊失踪的第二天，有人发现这窗叶的泥地上，留着好些新的足迹。这些足迹，每两个一组，有的只有足趾，有的只有足跟，也有跟趾俱全的整个足迹。显明的一点，这是熊的足迹。这些足迹在泥地上散布成一个不规则的小圆圈。看样子，倒像那位白熊先生，曾在这灌木圈中，练习过一小节踢踏舞似的！但，除了这些熊的足迹以外，别的痕迹，却丝毫没有。

综观以上的情形，这并不像是什么人乘夜潜入院内，偷走这只熊，却像这只熊，自己从第五号陈列室内越窗而出，和这博物院行了告别式！

嘿！事情真荒诞，动物园内不曾听说走失过什么活的野兽，而在博物院中，竟会逃跑一头死的白熊！你对这件怪事，将有何种的解释呢？

可是更荒诞的情形，还在下面哩！

据那个守夜人告诉人家：这白熊的作祟，并不自失踪的一天开始。它自从被运进院内，不久就妖异百出。前面曾说过，这座白熊的标本，和另一座猩猩的标本，是同日运进院内来的。这两座标本的姿势，都像人一般直立在木座上面。安放的时候，本是熊脸对着猩猩的脸，那样子，像一个白种大力士跟一个黑色土著，在举行着拳击比赛，看来非常滑稽。

有一天——大约是这两座标本运到的第四天或第五天——早上，这守夜人开门走进这第五号陈列室（他本兼负着洒扫的职司），却见白熊的标本不再用尖嘴向着那只猩猩的黑脸，而变成用背部向着它的同伴。当时这个变异情形，并不曾使这守夜人发生骇异。因为他知道，这座白熊的标本，外表虽像一位暴发户一样，有些神气活现庞然自大，实际它的肚子里，只塞满着些草料木屑，分量并不很重。或者，前一天有什么好动的参观者，偶然把它移动了一下，以致改了样子。当时把它搬正之后，却并没有十分在意——这是第一次作怪的情形。

第二次的变异，是在前一星期的晚上。

这守夜人，患着失眠的病症。他在院内，虽然睡得很早，但往往无法入睡。那一晚，约莫在九点多钟的时候，他忽听得院内有了些响动。侧耳听听，像是有人顿足；再听听，又像有人在散步。因为前几日，院内曾失落过东西，这使他不敢懈怠，慌忙从床铺上起来，悄悄地走向各处去巡视。他在各个陈列室的门口仔细听了一会儿，却听不出有什么声音。最后，他巡视到这第五号陈列室的门外站下来，一听，那奇怪的足声，果然就是这一室中发出来的。这门上的锁孔很大，于是，他便俯下身子，向锁孔中偷窥进去。谁知他不看倒还好，一看，他的头发，每根都直竖了起来！

他看到了些什么呢？

他看到那只白熊，张开了血盆一样的巨嘴，正在那里舞蹈！足下那方木座，随着它的庞大的躯体，晃荡得像一艘波浪中的小船一样！他还看到这个白色的怪物，有时伸出前爪，轻轻抚摸对面那只黑猩猩的脸，仿佛在表示亲善，但有时却向猩猩脸上猛掴几下，像主人向奴婢示威。可怜对方那个没能力的家伙，耐性似乎很好，一任它的狎弄，却是分毫不动。

事实上，这守夜人在锁孔中至多不过窥探了一分钟，但他的一件短褂，却已被脊骨上直流着的冷汗所湿透！

当时骇极之余，黑暗中摸索后退，他几乎没法再找到他的睡处。那晚，他让他的两片肺叶，在胸腔间直踢了一个整夜。

以上，是这守夜人，在白熊失踪以后亲口说出来的话。

在最初，他这种野话，原是绝对不会有人相信的。因为在这一个世界上，固然也有不合理的事，但不合理也该有个限度。至于以上的话，却真荒诞得连边际也没有！有人以为：如果这守夜人不是有意造谣，那一定是他的神经中枢，好久不曾抹油，因而有些毛病了。

这守夜人的故事，是这样的怪诞不经，不料，同时另外有一个人，竟以一种无可否认的事实，证明了他的话并不完全虚妄。这个证明者，却是那夜在博物院附近巡逻的一个警士。

于是，这事便越发陷入了不可究诘的境界。

诸位大概知道，那座博物院，所占的面积是很大的。它的正门在雁荡路，左侧的围墙靠着黄山路。当白熊失踪的那一夜，这巡逻警士正在博物院附近一带巡行。那时，时间已近深夜十二点，仲秋的季节，繁星满天，微风不动。他从黎明路那边，沿着黄山路缓走过来。因为天气很热，汗流不止，他打算站定了步子，略为休息一下。他刚在博物院的围墙边上站下来，一边抹汗，一边无目的地顾盼着寥寂的四周。他的视线刚从雁荡路这边飘过来，忽见一株法国梧桐的树边上，闪着一个白色的影子。第一眼，他只见一个侧影，再加四周又很黑暗，他以为这是一个穿着白色衣衫的人站在那里。这个时间，这个人躲在那里做什么呢？因为形迹可疑，他想走上前去看个清楚。刚自举步，在第二眼间他已看清这白色的影子，却是一头遍体如雪而直立得像一个人一样的庞然巨兽，它探出两个巨爪，张开那只大嘴，姿势正像要趁他不备猛扑过来而一口把他吞下去的样子！

你们想吧，在这深夜的时间，在这幽凄的环境之中，一个人遇见了这样的怪异，任凭他是怎样胆大，他的神经将有何等的变异？当时他惊悸之下，想动作而还不及有所动作，蓦地，他的后脑上面，忽被一种分量很重的什么东西猛击了一下，接着他就在这博物院围墙根下晕了过去。

其后，这个晕倒在路边的警士，因着路人的发现，才被送进了附近的医院。经过了急救手术，这警士虽然苏醒了过来，可是他的神志依然模糊不清，睁开眼来就乱嚷：“白妖怪，吃人！吃人！”

这怪事发生的翌晨，那博物院内恰巧在盛传着白熊标本无端失踪的消息。

那个巡逻警，他所看见的白妖怪是什么呢？不就是博物院内所走失的那座标本吗？一具没有心肝脑子的东西，它怎么会活动呢？——虽然说，在眼前这个疯狂的世界上，那些没有心肝脑子而活动得厉害的东西，原也遍地皆是，然而，眼前的这座标本，却明明绝对没有活动的可能性。那么，它怎会跳跑到围墙外面去的呢？这其中，究竟蕴藏着何种的幽秘呢？

没有人能回答以上的问题。

那博物院的当局者，原都是站在时代最前线的人物。为了破除无谓的迷信起见，最初，原想把这失落标本的事件隐瞒起来。但由于那个警士的意外的经历，却弄成想瞒而无法隐瞒。更显明的一点是：因这警士的话，却证明了那个博物院守夜人的话，并不是神经性的呓语。

于是不久后，这一件怪事便以最高的速率，传遍了这大都市的每一角落。

当时有几份报纸，详细记载着这件新闻，有的报纸刊印着博物院的照片，有的甚至还刊出了那位白熊先生的同伴——那只猩猩——的玉照。一片神秘的空气，鼓荡得相当热闹。

当时这新闻传到了一位青年的耳内，却引起了他甚大的兴趣。

那个青年年龄不过二十多岁，名字叫作黄令德。过去，他在大学里读过书。他的表面上的职业，是某一通讯社的外勤记者，实际，他另外还有一个不公开的职务——他在本市某一个以神秘著名的人物手下办着事。

据这青年黄令德的意思，一座死的标本，居然会兴妖作怪，在这二十世纪的现代，似乎太觉说不过去了！那么，这白熊的滑稽戏剧，料想必有一个暗幕。他很愿意知道知道，这暗幕之后，究竟隐藏着些什么。

于是，他便用着新闻记者的名义，并携带了一颗好奇心与一个逻辑的头脑首先去访问那个被白熊吓倒的警士。

其时，那个脑神经受震过度的警士，还在医院里面疗养。经过了一番谈话，结果，这警士始终坚持着：那夜他亲见那白色的怪兽（现在他已知道这是博物院走失的白熊标本）张开了血盆大口，正预备一口把他猛吞下去！除此之外，却完全说不出别的所以然来。

第一次的探访，结果是不得要领。

于是，第二次这青年改换了路线，又去访问博物院的管理者。据这管理者的谈话，他们承认院内在近时期中，曾失去过几种东西。最初失掉的，是些蝴蝶标本，后来又不见了一座白熊的标本和一柄匕首。他们的意见，认为这完全是出于有血有肉的人类的盗窃行为，绝对没有什么神秘可言。至于其他无谓的问题，院方却坚决拒绝回答。

黄令德认为院方的话非常合理。可是，他的探访却依旧是不得要领。但他并不灰心。最后，他又找了一个适当的机会，把谈话的目标，移到了那个守夜人的身上。

据黄令德的观察，这个中年的守夜人，面相的确很诚实，不像是个造谣生事的人物。而且，他的眼光很澄澈，说话也极有理智。这更不像有什么神经错乱的现象。

黄令德因为对方这个家伙是这戏剧的最初揭幕者，于是，他便特别小心地准备用舌尖上的钩子，钩索出对方嘴里的秘密来。

可是，守夜人对于这个问题，却显出憎厌的样子，看他紧皱着眉头，似乎很不愿意再提这件事。

好不容易费了一番唇舌，才把这守夜人的话匣打开。

但他所说的话，依旧还跟先前完全一样。这在黄令德，是老早听熟了的。看来，他这第三次的探访，又将带回第三个不得要领了。可是，他还不愿意轻易放弃这个最后查究的机会。

于是他向对方说：

“据你说来，你是亲眼看到过这头白熊在跳舞的？”

“我有什么理由要造出假话来骗人？”守夜人生硬地回答。

“这白熊倒很摩登，它居然还会跳舞！”黄令德笑笑说，“我准备向这里的管理人建议，最好在地板上打些蜡，以后等这畜生回来时，跳起舞来也好便利些！”

“先生，你的意思，是在讥笑我说谎吗？”这中年人有点儿生气了。

“我不敢说你是在说谎，只怪这故事的本身，太像一个谎话了。”青年俏皮地说。

“好，就算我说谎吧！那么黄山路上的那个警士，也在帮我说谎吗？”青年第一次被驳倒了。但是，他仍继续向下追问：“你的意思，这白熊的失踪，一定不是被窃，而是它自己逃出去的，是不是？”

“我确定如此，不管别人信不信！”

“它从哪里逃出去的呢？”

“窗里，这是清清楚楚的事。”

他们的谈话，就在那间第五号陈列室内。因之，这守夜人坚决地指指那个窗口。

“你说这是清清楚楚的事，那么，当这白熊在演习它的飞檐走壁的绝技时，你又是亲眼看见的了！是不是？”

“你用不着这样口口声声地讽刺我哪！我的好先生！”这守夜人格外恼地说，“假如它并不是从窗口跳下去的，那么，请教先生，你对这窗口下面熊的脚迹，又有什么高明的解释？”

于是，这青年第二次又被对方驳倒了。可是，他还在努力寻找对方的弱点，预备乘隙进攻。他说：

“你说这座白熊的标本，自从运进来后，就有种种怪异。那你为什么不及早报告，却要等这标本失踪以后，才说出来？”

“报告？我报告谁去？谁相信我的话？”守夜人悻悻然地说，“到现在，你还是不相信这件事。如果我当时来报告你，你会相信我的话吗？”

青年第三次几乎被驳得无话可说。他沉吟了好一会儿，忽然找到了一个很大的破绽，他冷笑着说：

“你说你是在钥匙孔中看见白熊跳舞的？”

“正是——你想，我还敢开门走进来吗？”

“难道这陈列室内，是长夜点着灯的吗？”

“不点的。”

“奇怪呀！”青年突然说，“既然里面不点灯，你在钥匙孔中，用什么方法，能看到里面的情形？”

这中年人瞪直了眼，呆住了。青年暗暗好笑，他想：凭你会说话，破绽到底让我捉住了！可是停了停，只见这守夜人悠闲地指指那些阔大的窗户，他说：

“先生请看，这里没有什么遮蔽。灯光虽没有，但月光是有的！”

一场谈话的结果，是这青年带着一个鸭蛋和一张懊丧的脸，退出了这所神秘的博物院。路上他在想，想不到这样一个面貌诚实的人，会有那样一只伶俐的舌子，这真是人不可以貌相了。

至此，他觉得他自己的能力，已不足以解决这个艰难的算题。于是他想到了另外一个比他更聪明的人。一到家里，他在电话机上拨了一个号码，他向话筒里面问：

“喂！歇夫在家吗？啊，您是歇夫。好极了。”

他说的“歇夫”两字，并不是人名，而是一种尊称。这是法文 chef 一词的译音，意思就是首领。只听那位首领在对方说道：

“是黄令德吗？什么事？”

“啊，歇夫，您近来听到过什么新闻没有？”

“没有呀，我这里是西线无战事。你呢？”

“难道您没有听说过那个博物院内的白……”

“熊！”对方马上接口，“你要报告的，就是这件事吗？”

“那么您也知道了？”

“我为什么不知道？”

“这事情太神秘了！”

“你也认为神秘吗？哈哈！我不知道你曾受过近代的教育没有？”对方含着笑训斥。

“您的话是什么意思？”

“我的意思是，在一个科学的头脑中装进那种不科学的玩意，是有些不适宜的！”

“那么，您是不相信这故事吗？”

“那么，你倒相信这个故事吗？”

“我已努力打听过一番。从各方面探询下来，这事情好像是千真万确的呀。”

“千真万确的？哈哈！我的好宝宝，别再孩子气吧？”对方大笑起来，“我问你：假如你看见一个变戏法的人，在你耳朵后面摸出了一个鸡蛋，难道你也马上就相信，你的耳朵后面真会生出鸡蛋来吗？”

“好歇夫！别开玩笑！您知道这戏法的内容吗？”

“这是烧掉一支土耳其烟的问题呀。”

“那么，请您告诉我吧。”

“对不起，我现在没工夫……”

呱嗒！对方把电话挂断了。青年黄令德的鼻尖，又在电话架上，碰到了一个软木塞。

没有办法了。暂时他只能把一颗好奇心，放在闷葫芦里。

这问题在他脑内，困扰了很久，但是，过了几天，他把这件事情渐渐忘怀了。

有一天，他刚从外面回到家里，忽然壁上的电话铃声响了起来，有一个带点忧郁性的声音在对方问：

“喂喂，是令德吗?”

“CC，有什么事?”那个跟他通话的人，名字，叫作钱锦清，也是红领带集团中的人物之一，同伴们都简称他为CC，这时他在对方兴奋地说:

“你曾听到过那只白熊的事情吗?”

“不但听到过，我还曾为这事情而亲到出事地点访问过。”黄令德说。

“结果如何?”

“不得要领。”

“你有什么意见?”

“我的意见吗?”黄令德笑笑，“我以为那位密司脱白，它不耐拘束，它酷爱自由，它很摩登，它会跳舞，也许不久的将来，它将穿上夜礼服，参加那些贵人们的鸡尾酒会了。”

“别开玩笑，告诉我，你对这件事作如何的看法?”

“我没有什么看法，我的脑壳里面只有一团雾。”

“你曾向歇夫提起过这件事情吗?”

“提起过的。”

“他怎么说?”

“他说，这只不过是一支土耳其纸烟的问题。”

“那么，为什么不请求他消耗一支土耳其烟?”

“他说，他暂时没有工夫给我解释。但你为什么突然提到这件事？”

“你不知道吗？”对方兴奋地说，“这件事情最近又有了新的发展！”

“啊，”黄令德的眼珠亮了起来，他赶紧说，“你说下去。”

“最近，有人看到那只白熊，在苑东路一带出现，时间是在深夜。”电话里的语声，充满着诡秘的意味。

“啊，苑东路一带，那不就是在你的寓所附近吗？”

“多蒙这位新闻人物旅行到了我们的区域里来，这是不胜荣幸的事。”对方带着点玩笑。但是黄令德催促说：

“那么，这白熊的出现，是谁看见的呢？”

“据说看见的人已不止一个，描述得最神奇的是一个女人，她说，她看见那只白熊，披着一件大氅，在法国梧桐的树影之下负手散步！所以最近连那一百二十四号的通宵营业，也受到了影响了。”对方说到这里，他问：“你知道这一百二十四号吗？”

“当然，那是苑东路尽头的一个秘密赌窟，设备相当豪华，你为什么要提到它？”

“有一个赌徒，大约从来没有到北极旅行过，也从来没有见过白熊，他在一百二十四号的附近，劈面遇到了那个白色怪物，他被这白熊吓得晕了过去，到天亮，方始被人救起。因此，其余那些出入于一百二十四号的人，大家都怀了戒心。”

“看来那只神秘的白熊，它是反对赌博的。”黄令德幽默地说。

“我以为，那只畜生，倒是一个时代的前驱者，因为，它刚学会一点人样，就已懂得了掠夺。”

“你为什么这样说？”

“因为那个被吓的赌徒，醒回来之后，发觉身上所有值钱的东西，都不见了。”

“会有这样的事情吗？”黄令德站在电话机边沉吟地说。

“那么，你对这个新闻，愿意继续探访一下吗？”

“用什么方法呢？”

“你可以到我这来里守候机会。”

“只有守株待兔，难道还有守株待熊吗？”

“不管待兔待熊，只问你有兴趣没有？”

“对不起，”黄令德想了想而后说，“我已没有这样的胃口。”

“但是我希望你到我这里来一次。”

“另外有什么事情吗？”

“我想跟你谈谈。”

“是不是你的忧郁感又发作了？”

“你不用管，我希望你来。”

“好吧，抽空我就来。”

呱嗒，电话挂断了。

这个钱锦清，在红领带的集团里出名的，是一个富于忧郁感的青年。据他告诉人家，他有一个精彩的女友，这个精彩的女友，有一种精彩的脾气，常使他受到许多精彩的痛苦。逢到这种时候，他便希望有个谈话的对象，发泄发泄他的忧郁感。

他的寓所，处于苑东路的西段，地点非常僻静。他把所住的那所小楼，称为CC小楼。这CC小楼，在红领带的集团里，出名的是一架产生歇斯底里的温床。可是他的那些青年同伴们，还是很喜欢踏上这所小楼上来。

而黄令德，也是这所小楼上的常到的嘉宾之一。

于是，在第二天，黄令德又踏上了那座小楼。

最初，黄令德以为，这小楼上的空气，照例不会使人感到愉快。但是这一次他猜错了。这一天，钱锦清比之往常高兴得多，大约最近，他又接到了一个美丽的小信封，这信封里的东西给他带来了不少愉快的感受，因之，他的满面春风，把小楼上的忧郁气氛，完全驱走了。

在红领带的集团里，大半都是游手好闲之徒，除了接到chef的命令以外，其余的日子，简直闲得要命，因之，黄令德在那座小楼上，一连住了好几天。

有一天傍晚，他们踏上了阳台，在凭栏闲眺，只见大路两端，绝少行人。路旁的榆树，有几片落叶在金红色的晚霞中飞舞。这里似乎张着一口幽静的网，把都市间的喧嚣完全拦住了。黄令德指着栏外说：

“这里真是一条最荒凉的路。”

“但我以为这是一条可爱的 Milky Way。”

“Milky Way？乳白色的路，什么意思？”黄令德有点不懂。

“西方人把银河叫作 Milky Way。”

“这银河太寂寞了。”黄令德笑笑说。

“然而它是美丽的。”

“那么，在这美丽的银河的对岸，该有一颗美丽的 Vega（织女星）了，是不是？”

“你猜得不错。”

“你能把 Vega 所在的方向指给我看看吗？”黄令德游目四顾地说。

这座 CC 小楼，是在苑东路的最狭的一段。路的对面，有一排单间双层的住屋，一共是五幢像积木似的一小堆。每幢屋子的楼外，有一座狭长的阳台，栏杆是绿色的。第五幢屋子的阳台内，那两扇落地长窗上悬着洁白的窗帘。钱锦清悄然指着这窗帘说：

“Vega 就在这个窗子里。”

“她美不美？”

“你看戏剧里所扮演的织女美不美?”

“你为什么要把她称为织女呢?”

“在春天，她的长窗敞开着，从这里望过去，可以看到那卧室的一部分。她常常坐在一张方桌前编织绒线，因此我暗暗地把她称作织女。”钱锦清一面解释，一面又说，“她长得真美。有时，她走出阳台，凭栏闲眺，她的纤细的手指，真是雕刻家所无法描绘的手指。她的秀发常梳成不同的式样，据我看，第二天比第一天梳得美，第三天又比第二天美，而第四天……”

黄令德怕他从第一天美说到第三十天，慌忙说：

“世间的美，应该有个限度，太美了，那会遭到天公的妒忌的。”

“你别打岔，听我说下去。今年的夏季，每天傍晚，她到阳台上来纳凉，穿的是一种乳白色的轻绸的短衣，那不知算是浴衣还是什么，衣角上，绣有一只只黑色的大蝴蝶，风吹过去，那些黑色的蝴蝶像要飞起来，她的苗条的身子跟着那些蝴蝶也像要飞起来。”

“于是你的身子跟着也快要飞起来。”黄令德第二次打岔说。

“我的身子不会飞，但至少，我的灵魂快要飞起来。”钱锦清堆上一脸轻佻的笑，他点头承认。

“有了这样的奇遇，怪不得，这里的秋天，不再是落寞的秋天了。”

“这不能说是奇遇，因为这颗 Vega，已经有了她的 Altair（牵牛星）。”

“那么你，只能算是一个古代的观星家，可怜！但那位幸福的 Altair 又是一个何等样的人物呢？”

“那是一个身材瘦长，面色憔悴，很带点忧郁感的人物，看样子，有点像一个美术家。”

“哈哈，你在为你自己写照了。”黄令德向那个白色窗帘努努嘴，“那个长窗以内，除了那颗 Vega 跟她的 Alair 之外，还有些什么人？”

“还有一个态度很佻薄的家伙，看来像是一个悬挂汽水瓶盖的人物。”

“悬挂汽水瓶盖的人？”黄令德有点不懂。

“枉为你是红领带集团里的人。”钱锦清笑笑说，“连这个也不懂，汽水瓶盖，那就是证章呀。”

“这个家伙又是什么人？”

“看来像是那位美术家的密友，他跟那个 Vega 好像有一种越轨的亲密。”

“听你的口吻，好像吃过柠檬酸。”黄令德向他打趣。但是钱锦清自顾自说：

“在夏天，这窗子里真热闹。”

“他们有些什么新奇的节目呢？”

“那三个基本角色，常在一起玩纸牌，有时候，玩纸牌的人增加为五六个。他们叫闹着 heart 与 diamond，可能是在那里玩 bridge（桥牌）。”

黄令德以为他会说出什么新奇有趣的故事来，但结果，他只说出了玩纸牌，他有点失望。于是他说：

“你太没有常识了。bridge 不可能由三个人或者五六个人玩。并且，这是一种比较有意思的东西。你所描写的这一伙人，看来不像会玩这个。”

“你凭什么理由把人家看得如此之轻？”

“你凭什么理由把人家看得如此之重？”

钱锦清笑着摇摇头。黄令德说：

“不要管这个。但今天，这颗美丽的 Vega，到什么时候才会在银河的对岸出现呢？”

“不要提起吧，”钱锦清忧郁地说，“我已经好久没有看到那颗美丽的星，连那位美术家也不再看见，总之，这两扇长窗现在是关着的时候多，开着的时候少。”

“那又为了什么？”

“我怎么会知道。”

“你很有点惘惘吧？”

“欣赏一颗美丽的星，那是人类的天性哪！”

他们的谈话暂止于此。总之，他们因为太闲，才会进行这种无聊的谈话，可是，就是这一席谈话，引起了一件非常怪异的事！

这怪事就发生在谈话的后一天。

这一天，钱锦清有些事情，下午就出去了，直到半夜，还没有回来。黄令德独自一个，留守着这寂寞的小楼，独自一个闷得发慌，在深夜一点钟的时候，他还没有睡。因为屋子里的空气太沉闷，于是他又无聊地，踏上了那座阳台。

这是一个深秋的季节，漆黑的长空，只有少数几颗星星在疲乏地眨着眼，夜风吹来，带些凉意。远处，偶有几声犬吠，穿过了无边的黑暗，凄厉地送向耳边，景象真是萧飒得可以。

为了上一天的谈话，他不免向着对方的屋子，多注意一点。但是，对方那五幢积木似的屋子却已盖上了深黑色的被单，进入了深睡眠的状态。

夜凉渐渐加深，黄令德独自在阳台上站了一会儿，他准备回屋来睡觉。就在这个时候，突然，他觉得眼前一亮，四周的深黑，被这突然而来的亮光扯破了一大块。

对方第五幢屋子的楼面上开了灯。

那长窗的窗帘，被耀成了银白的一片。

有个影子，在这银白的光芒中一闪。

一个意念立刻闪进了黄令德的脑内，他想，会不会这影子就是那颗美丽的 Vega，会不会这美丽的 Vega，揭开了窗帘，走上她那绿色的阳台。

他不禁凝视着这银白的窗帘。

白色窗帘上的那片黑影又一闪。

在他的想象中，以为那个影子，该有一个匀称的轮廓与柔和的线条、丰满的胸部与纤细的腰肢，但是，当那闪动的黑影贴近白色的窗帘而停止下来时，他看出这影子，并不像是人影。

那片黑影，有一个毛茸茸的头颅，一张尖锐的嘴，跟一对竖起着的小耳朵。说得清楚些，这影子像是一只支起两条后腿而直立着的狗。但是，狗的身躯，绝不会有如此庞大！

这是什么东西啊！

想念之顷，只见那片怪影在窗帘上一纵一跃，像在那里舞蹈，一会儿，这怪影又高举着一条臂膀——不，该说是前爪——爪内紧抓着一件东西，一起一落，在那里挥舞。

啊！那是一柄短刀！

这短刀，却使黄令德立刻想起了博物院内所走失的那只神秘的白熊。因为，白熊不见的时候，有一柄古代的匕首，连带也不见了。并且，钱锦清曾在电话里说起，那只神秘的白熊，最近，在深宵里又常常出现，而出现的地点，就是在这苑东路的附近一带。

那么，难道对方窗帘上的怪影，就是那只白熊吗？

寥寂中，远处有几只野狗在汪汪地叫。

深夜的风，吹着路旁的树，在瑟瑟地作响。

四周还是漆黑成一片。

这时，似乎整个的宇宙之内只有对方这个窗口里有一点光，而这有光的所在，竟会发生如此怪异的事情。黄令德并不是个胆小的人，但是，在这样的深宵，在这样的环境之中，他遇见了这样一件出乎意料的事，他的心有点发跳，他忍不住向屋里轻轻地喊：

“CC，快点，你来看！”

可是他在喊出以后，方始记起他的同伴并不在屋子里，就在这个时候，对方窗子里的灯突然熄灭，眼前依然漆黑成一片。

他像做了一个可怕的梦！

他在漆黑的阳台上呆怔了一会儿，带着一颗惊疑不定的心，匆匆回进屋子。开了电灯，一眼望见那具电话机，他赶紧把听筒拿起来，拨了一个号码。他这电话，是打给他的 chef 的，他知道 chef 的枕边，装有一架电话机，只要他睡在家里，电话是可以打通的。一会儿听筒里有一个疲倦而恼怒的声音在问：

“谁？”

“是我，歇夫。”

"啊，令德。难道你把你的手表失落了?!"那个疲倦的声音带着斥责的意味。

"歇夫，请你原谅，能不能听我说几句话?"黄令德请求着。

"好，能说得快点吗?我在做梦，梦见跟水手星巴德斗剑，我快要获得胜利。等你说完，我还要去寻找我梦里的胜利哩!"

"歇夫，那只白熊……"刚说了一句，对方立刻恼怒地说：

"梦话!我在做梦，难道你也在做梦?"

黄令德怕他把电话挂断，赶快说：

"你曾听过CC的报告吗?据他说，最近，那只白熊常常在苑东路一带出现。"

"我已经告诉你，这是梦话!"

"但是，"这边慌忙说，"但是今晚，我，我也亲眼看见了!"

"什么，你也亲眼看见了?"对方的语声，已不再像先前那样轻视，"说下去。"

于是，黄令德把即刻所见的怪事，简单地报告了一气。只听对方惊异地说：

"真有这样的事，现在呢?"

"毫无动静。"

“好吧，你把屋子里的电灯熄掉，守候在阳台上，看对方窗子里的灯光还亮不亮。”

“我照办，您呢？”

“我马上就来。”

电话挂断了。

黄令德遵守电话中的嘱咐，再度熄灭了灯，再度踏上了阳台，悄悄地，用心注视着对方那个窗口。

天，依然是那样黑；四周，依然是那样惨寂；对面的五幢屋子，依然是在深睡眠的状态之中。

大约过了三十分钟的时间吧。

他听得三五十码的距离以外，有一个汽车的喇叭，“呜、呜、呜”响了三下。但是那汽车并没有驶进前来。停了一会儿，有一个口哨的声音，轻轻起于楼下。他立刻听出，吹口哨的人，并不是钱锦清，而是他们那位神秘的歇夫。他正预备下楼去开门，可是楼梯上已传来了轻轻的脚步声。原来，那位红领带绅士，他已使用了他的夜间办公的技巧，自由地进入了屋子。

黄令德掩上了阳台的门，垂下了窗帘，扭亮了电灯，只见那位贼首领却已悠然微笑地站立在电灯光之下。虽然是在深夜，这位刚跟星巴德在梦里比过剑的绅士，西装还是穿得笔挺，胸前的那条领带，照旧艳红得耀眼。

他手里拎着一个黑色的皮包，像是医生出诊时所用的东西。

黄令德望着那只皮包在微笑，他知道，这皮包里藏有许多精致的外科医生用具，包括撬门的凿子、开箱笼的锥、划玻璃的钻石，等等，形形色色，无奇不有。

这就是说在这个贼世界上，你想成为一个出色的人物，这些必要的道具，那是随时随地，不可不备的。

那位红领带人物站在屋子里问：

“有动静没有？”

“没有。”黄令德摇摇头。

“可有人走进那幢屋子里去？”

“没有。”

“出来呢？”

这边还是摇头。

“那么，”歇夫说，“你陪我到阳台上看看去。”

说时，他从他的黑色皮包里，取出了一件什么东西藏进了衣袋。黄令德依着他的话，把他领上阳台，悄悄地把那个怪异的楼窗指给他看。

那五幢屋子照旧沉浸在深黑色的寥寂中，一丝光、一丝声息都没有。歇夫从衣袋里取出了一具孩子们玩弄的橡皮弹弓，扣上了一颗不知什么东西，觑准了第五幢屋子的楼窗，一弹子打了过去。他的目力很好，当的一声，那弹子分明打中了那屋子的落地长窗的玻璃，可是，对方的窗子里一点反应都没有。

黄令德在黑暗里愕然望着他，刚要说话，可是歇夫第二弹连着又向那边打了过去。这一弹打得比前更重，听声音，几乎把那落地长窗的玻璃也击碎了！

奇怪，对方依旧寂然。

歇夫默默地回进屋子，黄令德跟着进来，顺手掩上了阳台的门。歇夫在一张安乐椅里悄然坐下来，烧上了一支土耳其纸烟，露出了沉思的样子。黄令德说：

“这里备有巴西咖啡，很够刺激的，歇夫，要不要为您煮一杯？”

“不必。”歇夫摆摆头。

他吐着烟圈，思索了一会儿，把烟蒂抛在地下，踩熄了，站起来说：

“来，令德，跟我走。”

“到什么地方去？”

“北冰洋！”

这个红领带集团中所收容的小撒旦们，大都有些小聪明。黄令德当然知道对方所说的北冰洋是指什么地方，于是不作一声，跟着就走。

临走，歇夫从他的外科医生的黑色皮包内，取出了一圈细而坚韧的绳，交在黄令德的手内。他自己又取出了几件外科医生的必要用具，揣进衣袋，却把皮包留在小楼上。

他们悄然走出小楼，悄然锁上了门。好在钱锦清回来时，他是有他自己的钥匙的。

走出门外，踏上了寥寂的路面，这就是钱锦清所说的那条 Milky Way。现在，这美丽的银河并不美丽，周围黑得可怕。歇夫向那五幢屋子巡视了一遭，向黄令德轻轻地说：

"你在这里等一等。"

说完，他独自向屋子的后方兜绕了过去。约莫过了五分钟，他又从黑暗里钻出来，站在黄令德的身旁说：

"据我看，这第五幢的屋子里面可能没有一个人。"

"那不会吧。"黄令德在黑暗中说。

"那么，"歇夫咕噜着说，"我们不妨小心点，别打扰了人家的好梦，一个人的睡眠是要紧的。"

"我们预备怎么样？"黄令德问。

"上楼！"歇夫简单地回答。

说完，他从黄令德手里，接过了那圈细而坚韧的绳，把它抖开。这绳的一端，系有一个特制的钢钩，说得清楚些，这是一种特地为做贼而预备的绳。歇夫把这绳子拉出一小段，把这钩子挥了几挥，然后，身子略向后退，他从黑暗中觑准了阳台上的一根柱子，一松手，连钩带绳飞掷上去，绳子在柱子上绕了一圈，这钢钩在绳子的本身上自动扣住了，这是一种夜间职业者的小小技巧。

他把悬挂下来的绳子用力拉了拉，觉得已经可以支持一个人的体重，于是回过头来，悠闲地说：

“每个人都该练习练习绳技，至少，在遇到某种危险的时候，那很有些用处哩。现在是你先来，还是我先来？”

黄令德想起了方才窗帘上的那片庞大的黑影，他有点迟疑，但是对方立刻说：

“好吧，先看我的。”

说完，他双手拉着绳，身子一耸，两腿一蜷，像个结网的蜘蛛似的，双手交替，缘绳而上，一下，二下，三下，他已攀缘着这绳子而跨过了绿色的栏杆。

他站立在这狭窄的阳台上，向星光之下的黄令德招手。他的态度真悠闲。

一会儿，第二只小蜘蛛也照样缘绳而上，这小蜘蛛在越过那绿色的栏杆时略略有点喘息，这大概是修养不够的缘故。

歇夫收起了绳，依旧理成一圈，交在黄令德的手里。黄令德在黑暗中喘息着担心地问：

“歇夫，你以为这窗子里真的没有人？”

“我以为如此。”歇夫的语声，镇静而自然，他并不曾过于压低他的音调，却像在茶室里任意谈话一样。

这时，他已从他漂亮的西装衣袋里，取出了他的外科医生的用具，用悠闲的手法撬那长窗，眨眨眼，玻璃已被划碎，窗闩已被拨开，他的技术简直跟贪官们的捞钱、交际花的飞眼风一样娴熟而可爱！

他把那两扇落地长窗轻轻推开一道缝，挨进身子去，伸手揭开了白色的窗帘。

一面他在悠然地吹着口哨。

黄令德携带着一颗跳跃的心，蹑足跟踪而进。

那位红领带的贼绅士，从他无所不备的衣袋里，掏出了一具小型的手电筒，把雪亮的光圈，向这屋子里四面照射过去。

至少，在这片瞬之中，黄令德的一颗心更增加了惴惴不安，他在想：万一屋子里有人，那将怎么样？但是，歇夫料想得不错，光圈中，照见过屋子里果然没有人。

歇夫把电筒向四下照了一周，他回头吩咐黄令德说：

“把窗子关好，拉上窗帘。”

黄令德默然照办。

歇夫用电筒找到了电灯的开关器，大模大样扭亮了灯。

这间卧室，铺陈着一套廉价的西式器具，东西凌乱得可观。五斗橱上摊放着绒线球、编结针、报纸、赌博的筹码、散乱的纸牌与吃剩的面包，等等。那张床上，被褥乱成一堆，大概已有好多天没有整理。夜灯几上，横七竖八，乱堆着许多书。看来，住在这间卧室里的一对男女，知识水准有着很大的距离。因为，在那些书籍中，有最低级的连环图画，也有很著名的文学书本。再看屋子里的灰尘，可以知道这屋子的主人生活得懒惰、不洁与毫无规律，而且是穷得可怜！

黄令德凝视着壁间的一张照片，这是一个年轻女子的单人照片，那个女子的一双眼睛，美得有些诱人。他在想，这可能就是钱锦清嘴里所描绘的那颗 Vega 吧？他嘴里咕噜着说：

“这样美的一个人，为什么把屋子弄得如此不整洁？”

“只要外观漂亮就行！”歇夫在旁插口说，“这是都市女子的特征啊！”

说时，他重新走近了那落地长窗，在长窗的右方，安放着一座妆台。歇夫站在那里，看着这妆台与长窗间的角度，再看看下垂与室中央的那盏电灯，他向黄令德说：

“你知道方才那片黑影之所以会出现于窗上的理由吗？”

黄令德摇摇头。

“这理由是明显的。”歇夫说，“一个舞台演员在登场之前，他是需要照照镜子的，你说是不是？”

黄令德还是不懂。

歇夫走向那张小方桌之前。拉开一张椅子，面对着卧室的门，坐了下来。同时，他指指对方一张椅子，让黄令德也坐下。

黄令德在拉开椅子的时候有点迟疑。夜已这样深，四周是这样的沉寂，环境于他是这样的陌生。这里有一种异样的空气，使他的神经感到刺促不宁。他弄不懂，这屋子里为什么没有人？万一主人突然回转这屋子，那将怎么办？而且，他想起了方才映在窗帘上的那片庞大的黑影，多少有点不安。

但是他看看歇夫的脸，他的脸上，却满布着悠闲与镇静，这镇静却是一种可靠的保障。于是他也坐下来。

歇夫燃上了一支土耳其纸烟，仰面喷着烟圈，悠闲地问：

“钱锦清为什么不在家？”

“他老早就出去了。”

“有什么事情？”

“大概他又接到了他 GF（girlfriend，女朋友）的一封信，灵魂先飞出去，以后，身子也跟着出去了。”黄令德笑笑说。

“一个有深度忧郁感的人，就不宜结交 GF。”歇夫微微摇头，“我弄不懂为什么青年人老爱玩火？”

“因为青年人的本身就是火。”

“照你这样说，你也不能例外吗？”

黄令德微笑不语，心里在说：“老家伙，想想你自己吧，难道你能例外吗？”

歇夫猛抽了几口烟，思索了一下而后问：

“你方才说，在那片黑影出现之后，并没有看到这屋子里有人外出，是不是？”

黄令德点点头。

“据我猜想，你所看见的那片黑影，他是从后门里溜出去的，所以你看不见。”歇夫一面喃喃地这样说，一面吩咐，“现在你把电灯关了。”

黄令德依照命令关了灯，重新摸索到原位子上坐下来。

整个屋子重新装进了一个不透气的黑布袋子里。

黑暗中，只有歇夫烟头的星火，一闪一烁，像秋季的阴郁的夜晚，长空只有那颗唯一的金星在闪耀。黄令德从这一星的火光里，望望对面那张沉着的脸，他忍不住问：

“歇夫，我们坐在这里预备怎么样？”

“等那白熊回来。”

“那白熊到底是什么东西呢？”

“白熊就是白熊呀。”

“我们等它回来做什么？”黄令德问不出所以然，他只能变换了问题的路线。

“等它回来吗？”对方的火星一闪，一个玩笑的声音在黑暗里说，“我们在这社会上曾遇到过许多人，大半都是人面兽心；现在，我们等待着一只兽，可能这只兽，倒是兽面人心。我们等它回来，不妨跟它谈谈。”

黄令德想，谈谈？谈些什么？谈北极的风景吗？谈冰淇淋的制法吗？想的时候他问：

“歇夫，现在什么时候了？”

“一点三十五分。”歇夫弯了弯臂膀，看看他的夜光表。

“我们将在这里，等待多久呢？”

“我不知道。”

“我们不至于猎取天鹅①吧？”

“大概不会。”

歇夫回答得很简单，他似乎不愿意多说话，于是黄令德也不再开口。黑暗中，歇夫的纸烟，一支连上一支，烟头上的火星，一闪而又一闪。闪烁的火光中，映出他的脸，像一座青铜的雕像，肌肉丝毫不动。他是一个狎

① 西方谚语，指徒劳往返。

习黑暗的人，假使黑暗是水，而他就是一条鱼。可是黄令德却不能像他一样的镇静。他觉得，这屋子里的黑色的空气，呼吸进肺部，好像铅块一样的沉重！

他不知道他在这间屋子里到底已经枯坐了多久。

他屡次想要站起来，逃出这个深染黑色的牢笼。

有一次，他轻轻咳嗽一声，刚想开口说话，突然对方的一只手，从黑暗里伸过来，轻轻碰着他，轻轻警诫他说：

“不要响！听！”

窗外有一只狗在拼命地狂吠。这凄厉的吠声，攻破了深夜的幽静，使人毛发悚然！

天，似乎已起风，路边的树叶在簌簌作响。那落地长窗的玻璃，因为已被划破了一块，白窗帘似乎在黑夜里轻轻飘曳，微风拂过脸上，有一种冰冷的感觉！

他用心地听，除了风声、犬吠，他没有听到其他什么可异的声音。

但是，他知道歇夫的听觉是特别灵敏的，说得夸张些，有时候，他简直会听到一里路外的蚊子叫。他这样警告他，一定已经听到了什么东西了。

于是他再凝神地细听。

不错，他听出来了。这声音是在楼下的后门口，好像有一个人，轻轻开了后门，轻轻走了进来，而又轻轻关了门。接着，他听到楼梯上，有一种柔软而沉重的脚步声，在走上楼来，那楼梯的木板，咯吱咯吱在发响！

黄令德绝对不是迷信怪异的人，但是，在这一刹那间——大概是由于心理上所引起的幻觉吧——他听出这软而沉重的脚声，并不像是人类的脚声，于是，他立刻想起了博物院中灌木丛边所留下的跖形的脚印。

他的肺叶禁不住又扇动起来！

他轻轻地伸手，碰碰歇夫搁在桌子上的一只手。歇夫默然不发一声，但是他把他的纸烟弄熄了。

这时，那脚步声已经上了楼，好像停下在这卧室的门外。

只听那锁孔中，有柄钥匙在塞进来，门球在旋转。

一会儿室门已被推开，室内有些新鲜的空气在流动，那脚声已经走进了这卧室。那东西的举动，似乎特别小心，脚声还是那样柔软而沉重！

黄令德屏住了呼吸，努力向黑暗中凝视，他一点也看不到什么。他努力地听，他听出这东西已走近了他的身边，连那咻咻然的气息，也可以清楚地听到！

黄令德几乎要从椅子上跳起来！

就在这个时候，只听得电灯的开关器轻轻地一响。

满室立刻通明。

有一个人发怔地直立在电灯光里。

那人是一个瘦长的个子，面色很憔悴，一双疲乏而失神的眼珠，显示他的神经很不健全。他身上穿着一件破旧的西装衬衫，没有系上领带，手里挽着个很大的黑布包，这黑布包并不曾包裹严密，有些白色毛茸茸的东西，露出在外面。

那人万万意想不到，在这深夜的时间，会有两个素不相识的人，悄然端坐在他这漆黑的屋子里，在第一秒钟中，他怔视着这两位不速之客，眼珠几乎要从眼眶中跳跃出来！

室内顿时布满了一片沉寂的紧张！

照理说，这两个人的行动，很像是两个贼，但这两个人的仪表，却又像是两位体面的绅士。在眼前的社会上，贼与绅士之间，一向就很难分别；甚至有时，贼与绅士竟是一体的两面。因之，他把惊愕的视线，粘住在这两套华贵的西装上，有点不知所措。

歇夫把已弄熄的半支烟，重新燃上火，挂在嘴角边，懒洋洋地说：

“喂！朋友！你辛苦了！”

那人把惶惑的视线，从歇夫脸上，滑到黄令德的脸上，又从黄令德脸上，滑回歇夫脸上，他努力遏止着怒气说：

“你们为什么三更半夜闯到这里来？”

“你又为什么三更半夜溜到外边去？”歇夫仿效着他的声调。

“你是什么人？”那人咆哮地说。

“我是夜游神！”歇夫把纸烟指指黄令德，“而这个人，却是夜游神的侍者。”

“夜游神？”那人只顾眨眼。

“有一个戴红领带的夜游神，专门考察这都市中的善恶的，朋友，你听说过没有？”歇夫指指他胸前的标志，“今晚我跟我的侍者，在秋云里散步。不料这都市里的秋云跟人情一样薄，我们一失足，从云里漏下来，跌进了你的屋子，真是非常抱歉！”

那人虽然听不懂歇夫这种离离奇奇的话，但是，他一向知道那条领带，他曾听到过许多关于那条领带的传说。他万万意想不到，这位神秘人物今夜竟会突然光顾他的屋子。他忍不住睁大了骇异的眼而嗫嚅地说：

“先生，你、你、你是……”

“不错，我、我、我是……”歇夫向他学舌，一面温和地说，“放下你的包，坐下来，我们谈谈，行不行？”

那人迟疑了一下，把布包抛在床上，他颓然在床沿上坐了下来，用手背擦着额上的汗。歇夫说：

“朋友，今天很得利吧？”

“先生，我，我不懂你的话。”

“噢，不懂，”歇夫喷了一口烟，他向那个黑色的布包努努嘴，“朋友，这布包里是什么？是不是你的道具？”

那人低倒了头，有一抹羞涩的红浮上了他憔悴的脸。歇夫继续说：

“今晚，你不是带了你的道具，在外边演戏吗？演戏是有酬报的，是不是？”

“先生，我不懂你的话！”那人猛然抬头，带着一种反抗的声音说。

“不懂，很好，我可以供给你一张说明书。”歇夫把眼光掠到了黄令德的脸上说，“若干天前，本市盛传着博物院里那只白熊妖怪的野话，这野话被渲染得非常神奇。而这位先生，却是一个善于投机的人，于是因这野话，引起了他的伟大的烟士披里纯[1]。”

那人的脸，涨得更红，他重新低倒了头，黄令德在一旁用心地听。歇夫继续说：

“他设计了一些道具——这道具大概就在这个黑色的布包之内——于是他的精彩的戏剧，就开始上演。目的何在呢？据我猜想，那不外乎是为了掠夺吧？”

“先生，你完全弄错了。”那人倔强地站起来说。

“朋友，静一些，有话，我们可以慢慢地谈。”歇夫

---

① 音译，即 inspiration，灵感。

微笑，向他挥挥手，“你不承认你演戏的目的是为掠夺？其实，掠夺有什么可耻呢？在这个可爱的世界上，掠夺是件最光荣的事！况且，你我还是同道，你又何必遮遮掩掩！”

“但你总不能强迫我承认我所不曾做过的事！”那人怒声说。

“那么，你不承认你曾变过白熊的戏法吗？”

“我、我承认，我曾扮过这白熊。”

“最近，你常常在深夜里外出？”

“那只有一次。”

“这一次你曾到过一百二十四号的附近。”

“是的，我承认。”

“你曾吓倒过一个人。”

“是的，我承认。”

“你吓倒了这个人，劫走了他身上所有的值钱的东西。”

“没有这回事！”那人暴声抗辩。歇夫觉得他的话，不像是假话，于是点点头说：

“没有这回事，那很好。但今晚，你又扮这白熊做什么？”

那人低头不语，歇夫讥笑地说：“是不是在荒野里参加化装跳舞？”

"我承认我又到过一百二十四号的附近去。"那人遏止着他的怒气说。

"你的目的不为掠夺，而你常常到这一百二十四号附近去，那又是为了什么？"

"我有另外的目的。"

"我能听听你的故事吗？"

那人似乎一百二十个不愿意回答问句，但是，他受不住歇夫那种目光的威胁，他无可奈何地说：

"你能代我保守秘密吗？"

"凭这个做保证。"歇夫指指自己的领带，他点上了一支纸烟，同时，他也递给了那人一支烟，并为他燃上了火。在这片瞬之间，那人的激动的神情，似乎已经平静了一些。于是歇夫闲闲地发问：

"朋友，你叫什么名字？"

"曹秉及。"那人徐徐抬起眼睑而又立刻垂下了眼睑，轻轻地回答。

"过去你曾做过什么事？"

"我是一个低能的失业者。"他吸了一口烟，似乎故意躲避着这问句。歇夫点点头说：

"很好，失业者是最富于幻想的人。那么，请把你的故事说下去。"

那人伸手抚着头，痛苦地说："我这样装神弄鬼，完全为了阿兰。”

“阿兰?”

“那是我的妻子。”

那人说到这里，旁听者黄令德立刻把目光飘到了室内那张美得诱人的相片上。他在想，这个阿兰，大概就是钱锦清所说起的那颗美丽的Vega，于是他再用心地听下去，只听那人忧郁而且痛苦地说:

“阿兰是个非常幽静的女子，我们结婚还不过一年。这一年中，我们一直过着安静美丽的日子。但是最近有一阵可怕的旋风，吹进了我们的小家庭，把过去的和平的日子，完全吹散了。她变得非常好赌，她跟以前比完全换了一个人!”

“啊，我明白了，”歇夫在纸烟雾中望着那张憔悴的脸，“她的赌博的地方，就在这个一百二十四号里，是不是?”

那人痛苦地点点头说:“不久以前，她不过在家里赌，而现在，她却赌到了那个可怕的魔窟里去。在以前，她不过是在白天里赌，而现在，她却常常赌到深夜，甚至是整夜!”

“难道你不能劝告劝告她?”

“那要她肯接受才好!”

“除了劝告之外，难道你不能用别的方法，警诫她一下？”

“我不能，我不能！”那人的两道眉毛几乎在他那张憔悴而忧郁的脸上打成了一个结，他叹息着说，“因为，我们的感情，已接近了破裂的边际。”

黄令德在一旁想，可怜的人，真是一个懦夫。想的时候他听那人接下去说：

“而且，说起来，理由还是她的。”

“一个女人，在赌窟里整夜地赌，她还有什么理由？”

“起先，她原是一片好意。”那人用力抽了一口，在纸烟的烟雾中皱着眉说，“她因为我失业，想从赌博里，代我找出一条生路来。”

“你的太太真伟大，”歇夫笑起来说，“从赌博里去找生路，这是希特勒式的主张哩！”

“先生，你不要笑。”那人忏悔说，“她是一个善良的女子，不过年纪太轻，意志不坚，容易受到诱惑。而且，事情原是我自己不好，起先她在家里赌着玩，她曾赢过一点钱，这对于我失业中的生活，似乎不无小补。于是，我不但在精神上鼓励了她的赌，甚至在事实上我也几乎鼓励了她的赌！”

那人说到这里，他抛掉纸烟，激动地伸手敲着头，激动地站起来说：“总之，除了怪我自己的低能之外，我更恨小佐！”

“小佐，那又是什么人？”

黄令德在想，这大概就是钱锦清所说的那个悬挂汽水瓶盖的家伙吧？想的时候，却听那人切齿地说：

“小佐，陈佐民，是我的一个好朋友，嘿！”

“你为什么恨这个人？”

“他引诱阿兰到那赌窟里去赌，表面上，他却帮我劝她不要再赌。”那人用一种近乎嘶哑的声音说，“他存心不良，他一定别有企图！”

“啊，我明白了，”歇夫点点头，“你扮演这白色的恐怖，去到这一百二十四号的附近，那是预备去吓你的太太的，是不是？”

“不，她太胆小，我并不预备直接吓她。我只想吓倒几个单身的赌徒。”

“奇怪，你吓那些赌徒做什么？”

“我直接恐吓那些赌徒间接就可以恐吓阿兰，使她不敢再到那个赌窟里去。”

黄令德在想，好精彩的神经病！

歇夫心里暗笑，这办法真聪明，只听那人接下去说：

“其次，假如我能在这深夜里遇见了小佐……”说到这里，突然他从身后掏出了一柄两面开锋的短刀紧紧握在手里，刀锋在灯光下耀得雪亮。他的纷乱的头发，在额上微微颤动。他恨恨地说:“假如我能遇见他,嘿嘿!”

这时,歇夫已完全看出了那人的精神变态,他慌忙地说:“朋友,静一点,且把你的玩具收起来。”

那人放下了短刀,重新在床上颓然坐下。歇夫温和地向他说:“朋友,听说你的化装非常之精彩,你的道具是用什么东西做成的?”

“一件当铺里不肯接受的破白皮大衣。”

“是你自己改造的吗?”

那人点头。

“过去你曾做过什么事?”歇夫第二次这样问。

“倒霉的画师!”

“那么,你是一个有知识的人。”

“我不知道我算有知识没有。”那人插口说,“但我听得人家说,这个年头,越有知识越没有路走,从这一点上说,也许,我可以算是一个有点知识的人。”

“我觉得你的方法非常愚蠢。一个有知识的人,不该做出这种愚蠢的举动来,你应该考虑考虑。”歇夫善意地劝告着他。

“但除此以外,我想不出更好的方法。”

“你需要清一清你的脑子。”

“不,我需要复仇!其次,我需要把阿兰的心收回来。”

“其实，你放弃了这样的一个女子，那也没有什么可惜。”歇夫打着呵欠说。

“我不能，我不能，我不能……”那人说时，他的声调几乎要哭。

歇夫向他摇摇头。他觉得，他已没有兴致再欣赏这张悲惨的脸，于是，他仰着懒腰，从椅子里站起来说：“多谢你，朋友，把你的事情都告诉了我。”他向黄令德以目示意，黄令德也从椅子里站起来，他们准备要走。但是那人忽然说：

“先生，我能听听你的来意吗？”

“来意？”歇夫站定下来说，“我是一个生意人，生意人的目的无非是钱。”

“你以为这件事里会产生钱？”

“我的胃口很小，我只想到处收点小账。”

“现在你还向我收账吗？”那人苦笑。

“现在我倒很想付些小账给你了。”歇夫回报他一个苦笑。一面撩开上装，把手插在裤袋，向黄令德歪歪嘴。那人说：

“先生，能不能请你等一等？”

“你还有什么话要告诉我？”歇夫重新燃上了烟。

“你是一个侠义的人，你能帮助我一下吗？”

歇夫在想，侠义，哼！我要有钱可捞的时候，才有侠义，而你的事情，看来我很缺少侠义的胃口，他嘴里说：

“你要我怎样帮助你？”

“我想请你把我已失去的和平美丽的日子找回来。”

“噢，你要我设法劝你太太不要赌？你要我把你们破裂了的感情弥缝起来，是不是如此？但是，这都是你的家事呀。”

“而你一向出名，是个万能的人。”

歇夫在想：朋友，即使我承认我的能力大得能把地球拉出轨道以外，我可没有那种力量，能把一个女子的已变的心拉回来！想的时候，他用抚慰的口吻，向这忧伤憔悴的人说：

“好吧！朋友，你静一点，等我想到了方法的时候，我再告诉你。”

“那么，你、你什么时候再来？”

“想到来的时候我就来。”

“一定？”

“一定。”

说完，他向黄令德招招手，两人大踏步向外就走。那人沮丧地随在身后，轻轻地说：

“先生，请把脚步放得轻一些，别惊动了楼下的人，我不愿意让人家知道这些丑恶的事。”

黄令德暗想，这个可怜的人，居然还有很大的羞恶心。

三分钟后，两人回上了CC小楼，钱锦清却还没有回来。歇夫疲倦地倒在沙发里，黄令德一面为他煮咖啡，一面摇头说：

“今夜的事情，真有点出乎意料。”

“是的，”歇夫接口说，“我们猎到了熊，剥掉了这熊的皮，但是没有把这熊皮换到钱。”

“我们只能说是猎到了一只大天鹅。”

“但是我们却已揭破了这条苑东路上的一个鬼把戏。”

“可是这戏剧的前一半，在我还是一个谜。”

“难道至今你还相信那种野话吗？”

“我不相信，但是，那博物院里守夜人的话，那灌木丛边的跖形足迹，那警士所看到的白色怪物，这种种，又都作何解释？而且，那座白熊的标本，又怎样会不见的呢？”

歇夫在沙发上仰面喷着烟，他忽然扬声大笑起来说：“告诉你吧，那座白熊标本，是我搬走的。”

“那座标本是你搬走的？你为什么搬走它？”

“当然我有用处。”

“什么用处呢?”

“这个你可以不用管。”

“您是怎样走进博物院去的?”

“那无非是借助了几种器具，我没有让那里的门与窗留下任何痕迹。”

“听说那个守夜人，患着深度的失眠症，你用什么方法躲过他的视线的?”

“根本用不着躲，他尽力地夸张着他的失眠，实际上，他酣睡得像只猪，那天晚上，即使你把整个博物院的屋子翻个身，看来他也不会醒!”

黄令德笑了起来，他把玻璃球里的咖啡，倾进了两只杯子里，一杯递给歇夫，一面说:

“但你又怎样解释窗下灌木丛边的跖形足迹呢?”

歇夫抛掉纸烟，调着咖啡说:“我因为那座标本非常累赘，所以我用一根绳，绾住了那白熊的脖子，我开了那陈列室的窗，把这白熊从窗口吊下去。前几天下过大雨，窗下灌木丛边的泥地被雨水冲刷得像镜面一样平，当时，我为好玩起见，把那根吊着熊的绳，收放了几下，让那熊的后腿在柔软的泥地上颠了几颠，这是那些跖形足迹的来源。以后，被那些喜欢夸张的人，加上了些过分的渲染，于是这件事情变得格外不可思议。”

黄令德在想，你真会捣鬼。歇夫喝了一口咖啡，继续说：“我把那座标本从窗里吊了下去之后，照旧把窗关好，闩上了门。我从陈列室里走出来，照例用我的器具锁上了门，因此那些门窗，丝毫不留迹象，这原是非常简单的事。至于那柄古代匕首，当然，那也是我乘便带走的。”

“您的戏法，变得真干净！”黄令德笑笑说，“不过那个守夜人，凭什么理由，他要造出那些谣言呢？”

“这是在一种顾全饭碗的恐惧心理之下所造出的谎。你想，他这个职位，原是为了院内常常遗失东西而被雇用的，而当时，在门不开户不动的情形之下，却会遗失那样庞大的一件东西，他不造些谎言，将以何辞自解？”

“真想不到，一个外貌那样诚实的人，会造出这种离奇的谎话来。”

“可见这个世界上根本就没有所谓诚实的人。其实，他这谎话，编得不够艺术，破绽非常之多。他说他看到那只白熊在跳舞，你有没有问问他，他是怎样看到的？”

“他说他从钥匙孔里看到的。”

“那么，从那个钥匙孔里，是否能看到那座标本所在的角度呢？”

黄令德不语，歇夫继续说：

“就算能看得到那个角度吧，但那陈列室里未必长夜点着灯，他又怎样会看到那只白熊在跳舞呢？”

“当时我也这样说过，他说灯光虽然没有，而月光是有的。”

“那么，你有没有计算一下，在那个日子上，到底有月光没有？”

黄令德掏出了他的日记册，翻了翻日期，屈指一算，那个日子，正是阴历的月晦，于是他笑笑说：

“我上当了！”

“这是粗心的酬报。”歇夫讥笑地说，“在这个世界上，就因为粗心的人太多，所以满世界的各个角落里，每天都有人在制造荒谬的谣言。”

“一件闹得满城风雨的事，说破了，原来如此。”

“世上原有好多的事，说破了，都不过是原来如此啊！”

“但是有一件事，我仍旧不明白。那黄山路上的警士，他说他曾眼见这白熊，躲在树叶的阴影里，而且他还受到当头的一击，难道他也帮着那个守夜人在说谎？”

歇夫第二次扬声大笑，他说：“说破了不值一笑。当时我背着那座标本从博物院里外出，我需要经过那个警士的身前，可是半夜三更背着那么一件庞大的东西，经过一个警士的身前是有点麻烦的，我乘那家伙背向着我时，我把那座标本暂时放在树边，我却悄悄掩到了那家伙的背后，其时那个家伙恰巧旋过脸来，我乘他在已看见而未看清那座标本的瞬间，在他的后脑上赏了一下，因这小小的玩笑，却使这件神秘的事情更增加了神秘。”

黄令德听完，忍不住也扬声大笑，他说：

“把这样的事，说给人家听，人家一定不相信，因为，它从头至尾，就像是个大谎话。”

“那么你就把它当作一个谎话说给人家听，也未为不可。”他刚说完这一句，忽然把杯子放下来，向门外锐声说：

“为什么不走进来?”

随着语声，有一个人踏着S形的步子，踉跄走进了屋子。那个人，乱发拂在额上，上装挽在臂间，领带已经解去，忧郁的脸，失神的眼光，样子跟刚才那个被剥掉熊皮的家伙差不多。

而这个人却是钱锦清。

他似乎已经喝得烂醉，他向歇夫与黄令德纵声大笑，嘴里含糊地说：“说谎的人简直可杀！说谎的女人更可杀!”他一面大笑，一面诅咒，一面倒在床上，不久，鼾声却已随之而起。据估计，他今天外出，一定又是受了GF的气，一定又是饮了太过量的酒，以致弄得这样狼狈。

歇夫看着他摇头，黄令德也在摇头。

黄令德是一个绝对厌恶酒的人，那满屋子的酒味，把他驱送到了寂寞的阳台上。这时，天还没有亮，四下仍是一片黑，只有对方那个窗帘，依然白得耀眼。料想这时候，窗子里的另一个精神病患者，正为失眠所苦恼而无法入睡。

黄令德迎着夜风在想：歇夫的话不错，一个具有深度忧郁感的青年，的确不宜结交GF，但是这个世界上，那些自寻烦恼的人为什么有这样多？

想念之顷，黑暗里陡然有一声熟悉的汽车喇叭声打断了他的思绪。回进屋子一看，那位神秘的歇夫不见了。

乌鸦之画

上

走下了若干级宽阔的石梯，迎面有两个矾石面的柜台，从四周环绕过来，围成两个小小的长方形的部分。这是××公司地下室中的饮食部。

在柜台里面，备有一些简单的茶点，与几种冷热的饮料，供给顾客们的需求。这里的侍应者，都是年轻的女性，她们有着鲜红刺眼的樱唇，有着上过电刑的秀发，也有着纤细的腰肢与纤细的眉毛。她们的每一支线条，都充分显示都市女性的特有情调。

由于某种条件的限制，她们的年龄，都在十七八岁之间。内中有几个，似乎还没有到达成熟的年岁；而她们却借着人工的辅助，努力装点出了成熟的姿态——这像树头的鲜果，原还没有透露天然的红艳，而它们亟于使用一种人造的颜料，涂抹上了鲜明可见的色彩。

在柜台外边，四周安放着若干独脚的圆凳，这是给顾客们的座位。在这里，你可以随意饱餐美食，并随意饱餐“秀色”——这是一个中等阶级的小小享受的所在。

这时候，大约还没有到上市的时候。右手的柜前，只有寥寥三五个顾客点缀着“市面”，而左侧的一排圆凳，却还空虚虚的，并没有一个人。

生意既很寥落，那些姑娘们，不免感到无聊。她们原是很活跃的一群，于是，在无事之中，不免找些事来做做；无话之中，不免寻些话来说说；甚至，在无风无浪的平静的海面，她们曾煽动出些意外的风波来，一起骚扰一下。

“喂！你看，那个人的面庞熟得很。”一个穿淡红绒线背心的姑娘，操着广东式的国语这样说。她把她的热情的眼色，从自己这边的柜台里穿过去，投到了对方的柜台边。

“哪一个？”问话的姑娘，穿着一件裁剪得很配身的水绿色的旗袍。她伸起涂着指甲油的纤指，撩了撩她新做过的鬈发。

“左边第四个——穿西装的一个。”第一个姑娘轻声地回答。

“你认识他吗？”第二个姑娘闪动着她的长睫毛。

“不是认识，我说他的面貌，很像一个外国明星。”

“他的侧坐着的姿势——手插在裤袋里——有点像‘劳勃脱杨’，是不是？”

“不，我是说他的面貌。”第一个姑娘立刻加以纠正。她用一根食指，搔搔她的太阳穴，思索地说：“哎！这人像谁呀？哦，想到了。他像乔治赖甫德，哎，不对。我说错了，他像贝锡赖斯朋。”

这一位穿淡红背心的姑娘，似乎天生一枚百灵鸟那样的舌子。她不等那个穿水绿旗袍的同伴开口，立刻，她又自动地附加着说：“《金殿喋血记》你看过没有？赖斯朋主演的一张历史片，丽都戏院新映过，我和小顾一同去看的。我们看的是楼厅。”

“哦，不错，说穿了真有点像贝锡赖斯朋，尤其是他侧面的面影。”水绿旗袍的姑娘，轻轻拍着手，她把谈话拉回到正题。再向对方斜睨了一下，她又着意地反问：“你猜，这人的年龄，有几岁了？”

“至多，二十八岁，依我猜。”穿红背心的姑娘，把视线从对方的侧影上收回，很有把握似的这么说。

“呸！让我向西药部小张，替你赊瓶沃古林，好不好？”

“嘘！你说我眼光不准吗？——那么，你说吧，这人有几岁呢？”

“至少四十六岁。你再仔细点看，他的额上的电车路，已经有那么深，差不多是old man了！还只二十八岁吗?”水绿旗袍的姑娘，立刻提出了抗议。她又补充她的意见:“无论如何，抽壮丁，一定不会轮到他了。”

这位姑娘说到抽壮丁，她觉得她自己的话，说得相当风趣。于是她颤动着她的肩，咯咯地笑起来，笑得非常妩媚。

“沃古林眼药水，你自己去买吧！这人会有四十六岁吗？你在发痴了！我说顶多再加上二岁——三十岁。”红背心姑娘不甘示弱。

“就算再减两岁吧，至少他有四十四岁了。”绿衣姑娘也不甘退让。

“最最多，三十二岁!”

“最最少，四十二岁!”

为了这样一件绝不相干的小事，累了两位天真的姑娘展开了微妙的争执；她们争得非常热烈，看样子，简直和一个战时内阁中的辩论，具有同等的重要性。虽然她们的语声，都是那样低低的。

“依我看，沃古林药水要买两瓶才好。一个人的年岁，会有十多岁的参差吗?”在这小组会的议席上，这时忽又增添了后来的一席。只见第三位姑娘，参加进来说:“你们这两个傻子，一个猜得那么多，一个又猜得那么少，让我来裁判吧，规规矩矩说，这一个人，大约是三十五六岁。”

这第三位姑娘正从计算机边缓缓走过来，提出了上面那样的折中的意见——她是一个身材苗条的姑娘，衣饰较为朴素，穿着一件蓝士林布的旗袍，有一支短铅笔夹在她的白嫩的耳朵上。原来，她对对方这个赖斯朋的幻影，也已有了两分钟的注意，因之，这时她以外交家的圆滑的姿态，出现于她的同伴之前，自认为是一个仲裁者。

那个穿淡红背心的姑娘，似乎具有一种执拗的性情。她旋转头来向这突然插口的第三者轻轻掠了一眼，立刻，她把头颈一扭，坚持地说：“我一定说这人最多只有三十岁。要不要打一下赌？”

“打赌？嘘！你不会赢！”第三个姑娘撇撇嘴。

“你这样帮他，硬要替他隐瞒年龄，是不是你已看中了他？”绿衣姑娘一面说，一面看到数米之外，有一个挂徽章的“监督”者正把视线投向她们这一角。于是她轻轻地，含笑向她的同伴投掷一个手榴弹，却旋转头去，准备结束她的战争。

“就算我看中了这一个人，你预备怎么样？”第一位姑娘，勇敢而老辣地抵抗着。

“牙牙崽，冇怕丑！”[1] 绿衣姑娘伸出一枚食指，回过头来羞羞自己的粉脸，说了一句似是而非的生涩的广东话。

那个穿蓝衣服的第三者，听到了第一位姑娘的勇敢自承，她把她的艳红如玫瑰的腮，鼓成了一个圆圆的鱼泡的样子；她又取下她耳朵上的铅笔，在这鱼泡上面刺了一下，扑哧一声，鱼泡泄掉了气，连着，她把樱唇凑近第一位姑娘面庞，悄悄然说道：

“邓禄普！”

说完，她和那个绿衣姑娘，大家一阵倩笑，慌忙扭转身子，躲到了别处去。

这一小队袖珍型的战士，把她们粉红的机关枪，放射得这样热烈。可是，侧坐在对方柜台边的那个贝锡赖斯朋的幻影，他的脑后，却并没有添装一副视的器官，因之，他竟全不知道，他已遇到了一种意外的幸运，竟被那些热情的姑娘们当作了谈话的对象——这是很可惜的！假使他能听到她们那番滑腻腻的谈话，也许，以后他在夜深人静的寂寞的环境中，将会获得一种留兰香味的回忆。

的确的，对方这一个被谈论的人，令人一望之间，

---

① 意谓小孩子不怕羞。

会留下一种特异的印象。大体说来，他是一个爱好修饰的人。一头波浪式的头发，似乎曾破费了不少的司丹康，遗憾的是，他这漂亮的头发，已并不是纯粹的乌黑。——那个绿衣姑娘的观察，确乎具有相当的准确性。脚上那双黄色纹皮鞋，好像也曾牺牲过一些小小的时间，否则，绝不会擦得那样的亮。他身上穿的，是一套米色而有红色细方格的西装，质料相当高贵。里面一件乳白色的笔挺的绸衬衫，配上一只深红色的领带，这和那些姑娘们的嘴唇，一样的鲜明而耀眼。此外，在他襟边的小袋里，钻出了花花绿绿的小绸帕的一角，还附加着一支蓝宝石的 Paker 墨水笔，由此种种，使这人身上，处处在播散着一种很浓厚的“上海浪子”的气息。——总之，很显然地，他是一个热忱而优秀的“洋货推销员”！

这位洋货推销专家的身前，放着一瓶绿宝橘汁。一枚细长的蜡纸管，插在瓶口的纸片中。此人侧着身子，坐在这矾石面柜台之前，费掉了二十分钟以上的时间，好像并不曾把瓶子里的黄色液体，吸去十个西西以上。常言说“醉翁之意不在酒”，此君之意，似乎也不在橘汁。他屡屡抬起他的冷静而锐利的视线，流盼着迎面石梯上的熙攘的群众，似乎有所期待。

石梯上的来宾，愈弄愈多了。去了一群，又来了一群。肩膀与肩膀，足趾与足跟，不时发生不可免的摩擦，在这熙往攘来的群众中，如果你能细细观察，无疑地，你会看到一件很显著的事情：那一大伙儿的来宾，几乎有百分之八十以上都是空手而来，又都是空手而去——虽然这地方，标明廉价商场的字样，可是，那些不知足的家伙，还在声声叹息，嫌着货价的骇人！

这是一种严重的伏流，早已深深潜入了这麻木不仁的大都市；这分明是说，那大伙儿久惯享受的骄子，至此，也已渐渐踏进了无法享受的阶段。

这一个戴红领带的家伙，似乎具有一种很冷静的观察力。这时候，他冷眼观察着当前那些扰攘的群众，正自发着一种无声的感喟。一会儿，迎面的梯子上，似乎有些东西，已吸住了他的视线。

在石梯上，有一个人，正用一种鸭子式的步伐，在蹒跚地走上来。这人具有一个矮而结实的身躯。一张橘皮式的紫脸，两颊每一个毛孔，都有大号针孔那么大。唇间，留着一撮滑稽的短髭。远看，在圆而扁的鼻子下，好像涂着一朵墨。此人穿着一套灰色的西装，品质相当高贵；可是，附属在他肥矮的身体上，却有一种臃肿难看的姿态。

跨下石梯，最先和眼睑接触的，便是那个饮食部，因之，他并不需要精细的寻觅，就发现了他所要找的目标。

当在一眼看到那个红领带的家伙时，他立刻拉直了他的沙哑的嗓子，欢然地喊：

“哈啰！首——”

在已喊出的“首”字之下，当然另外还有一个什么字。可是，他只喊出了一半，他望望四周的群众，省悟似的收住了。

红领带的家伙等这矮子走近，举起一种含有幽默性的眼光，谴责似的向他说：“请注意，今天我姓石，单名一个冰字。”

他的语声很冷峭，说时，伸指弹着那只盛橘汁的瓶子。他补充道：“就是冰结濂的冰。”

矮子暂不发声，他在想：“这算是第几号的姓名呢？好，随便你吧！”

矮子想时，拉拉他的紧绷在腿上的裤管，他在这位“今天姓石”的家伙的身边坐下来，他说：“啊！首——”他立刻改口：“啊！密司脱——”

“——石！”红领带的家伙接口。他向这个矮子打趣似的说，“孟兴，你的记性很好！我姓石，你可以姓木！”

矮子忸怩地笑笑，他问：“密司脱石，我没有到得太迟吗？”

“我等了半点钟，”石伸手看看他的脉窠里的浪琴手表说，“你的事情，打听出来没有？”

这时，柜内有一个身材纤小的圆脸的姑娘，走近这矮子的面前，她把手里的铅笔尖，在石柜面上轻敲了几下，代表了“你要什么？”的问句。

“哎！我还没有吃过午饭，真的，肚子有些饿了。有什么可吃的东西呢？”这名唤孟兴的矮子，掀掀他的高挺起的肚子。他抬眼看到柜角上的一口玻璃小橱，橱里陈列着些点心的样品。他说：“好！就是三明治——红肠三明治。先来细（四）客。我的话，你识得呒识得？”

他似乎知道对面的这个圆脸姑娘，是一个南国佳人，因此，特地卖弄着他的南国乡谈，生硬地，附加了后面不必要的两句。一面，他又回头向石冰说：“你问姚朴庭的事吗？”

“那个淡蓝色的信封里，装着何种性质的秘密文件呢？”红领带的石冰取出烟盒，把一支土耳其纸烟，在柜上舂了几下。

“完全打听出来了！”矮子骄傲似的说。

（广东人做事，非常守规则。）这时，有四个小碟子，一起被推到了这矮子的身前，矮子的饿眼，射到那些薄薄的面包片上。他改用了一种鸟鸣似的福建乡谈说：“那个蓝信封里，有三封很长的情书，一张赡养据；这是一位在野而有势力的大政客，写给一个舞女的。”

“政客？谁？”石冰握着他的精美的Ronson打火机暂时停止了他的打火的动作。他也改用鸟语似的声音。一面，他用那个纸管，蘸着瓶里的橘汁，在柜面上写了一个字问道：“是他吗？”

“正是咧，你真是聪明！”孟兴正把面包，整块地送进嘴里，含糊地回答。

“如果这些情书与凭据，披露出来，会有什么影响呢？”

“影响很大吧？你知道的，我们这位大政客，他在表面上，出名是个生活严肃的人，他怕他的面具，会被这件事情所扯碎，这是一种顾忌。再则，近来他的政敌，对他攻击得相当厉害，那些情书一旦披露，很有影响他以后政治生命的可能。所以他很着急咧。”

“这位政客先生，知道不知道他的那些精彩作品，是在那个姚朴庭的手里呢？”石冰把土耳其的纸烟燃上火。

“知道的。他曾遣人示意姚朴庭，愿意出一注重价，收回那个淡蓝信封中的全部文件。”矮子嘴里大嚼，他的滑稽的短髭，起落得很忙。

“那么，姚朴庭有什么表示呢？”

“他把那些名贵的信件，当作奇货那样囤积了起来，他正预备大大看涨一下，照目前的市价，还不肯脱手哩。”

红领带的石冰，把身前那瓶未喝完的橘汁推得远一些。他喷掉一口烟，又问：

“那位姚朴庭先生，又是一位何等样的人物呢？”

矮子孟兴，正把满嘴的东西吞咽了下去，很奇怪地看了石冰一眼道：“咦！这样大名鼎鼎的人物，首领，你会不知道吗？”

石冰闪着他的敏锐的眼光，看看周遭那些嘈杂的人，他向他这“好记忆”的同伴，眨了一个恬静的白眼。矮子微微一红脸，急忙抑低着他的沙哑的声气说：

“那位姚朴庭先生，人家顺着他的字音，称他为‘摇不停’，从‘摇不停’三个字上，引申出来，替他取了一个新奇的绰号，叫作‘摆不平’。‘摆不平’三字的意义，就是说：必须要用整叠的钞票，把他填塞起来，方始能够填平——据他自己告诉人家：他的职业是律师；其实，他的不固定的收入，大半是从‘填平’方面得来的。”

“不平，平，这很有趣！”石冰喷着烟，喃喃这样说。

“啊！不平遇到平，这该大大倒运了！”矮子这样暗想。

石冰又说：“我明白了。他是一个业余的敲诈家，是不是？”

“对！”矮子点点头。

这时，这位沙喉咙的先生，像老虎吃蝴蝶似的，早已吞啖完了他的四客三明治。他想继续再要一点，但，他偷眼望望前面那些腰肢纤细的姑娘，他感到有些不好意思。于是，撩了一下肚子，忍住了。

左右两边，圆凳上的人们渐渐加多。柜台里的那些姑娘，不时把俏眼射着这红领带的家伙，似乎在说：怎么还不走？石冰站起来，把两张纸币，抛在柜面上，付掉了账。他抽身离开了这柜台。矮子看看那瓶未喝完的橘汁，摸摸短髭随在他的身后。

他们在这地下层的廉价商场里，挤在那些缺少购买力的顾客之中，兜着无目的的圈子。石冰一边走一边向这矮子问：

“那位姚老夫子，他把这些信件，抓在手里，预备怎么样呢？”

“他曾向那个政客，讨过价钱——那简直是一个无法负担的吓人的高价！一面，他又扬言，如果在限定时期，再不取赎，他准备把那几封信，送进字纸篓，不再换一个钱——你看，他是多么好说话啊！”

石冰冷然接口道：“这就是说，再不赎取，他就要把这些信件披露了，是不是？”

矮子点点头说：“正是，在过去，他也曾把这种立可兑现的支票，在他主顾面前，轻轻扯碎过的——这是他的一贯政策咧。”

他们缓缓走着，一个小小的圈子兜过来了。走到原来的地方——石梯之下——石冰发现左方的柜台里，有几位姑娘正把一种很难描摹的眼色，向他身上投掷过来，一面，还在窃窃私语。

石冰忽然站住步子，故意流露一种垂涎似的眼色，高声地说：

“喂！孟兴，我的心热得慌，我要喝点冷饮，凉凉我的脏腑。”一边说，一边又在这左边的柜台前，径自坐了下来。

孟兴觉得有点惊异，但他也感到很高兴，当他把他的肥矮的身躯，再度放上圆凳时，他立刻喊着：

“细客三明治，细客。”

“绿宝橘汁。”石冰应声而说。他的眼光，恰巧射在一件淡红绒线的背心上。

有三张粉脸，迅即抹上了惊奇的倩笑——因为她们明明看见，这红领带的家伙，即刻在对面，曾把大半瓶的绿宝，留着不曾喝完。

那个穿淡红背心的姑娘，回身取着橘汁时，另一个身材苗条的姑娘用铅笔尖在她腰里轻轻点了一下，轻轻地说：“喂！阿珍，你的贝锡赖斯朋，走过来了。真的！

他对于你，很有意思咧！”

“啐！”一个纤小的身子，娇柔地一扭。

四客三明治，凑近了那撮髭。

一瓶绿宝，又放到了那条红领带之前。

三个姑娘，闪向柜内的另一隅，在嘁嘁喳喳大谈，三双俏眼，雨点似的轮流向柜外飘送过来。

石冰不时用一种热情的视线，答谢着那些姑娘的“盛意”，一面自管自向孟兴发问：

“那位大政治家，有什么对策，应付那个姚朴庭呢？”

“他预备向姚朴庭酌量加些价，再不肯，那只有劫夺一法了。——当然，他是决不肯让这些信件，轻易披露的！”矮子努力进行第二度的“工作”，一面仍用福建口音沙哑地说。

他又继续说道：“眼前，姚朴庭把那个蓝信封，藏放在一座法国货的新式保险箱里，他以为这是万无一失了。”

“以上许多情形，你是从哪里探听来的？可靠不可靠？”

“可靠之至！”矮子拈着半条红肠，傲然地说，“新近，我和姚朴庭的一个心腹男仆人认了乡亲。我借给了他三百块钱。此外，我又和对方那位政客的车夫新订了一个家谱——他是一个酒鬼；我送了他四瓶汾酒，加上几听罐头牛肉。他的女人称我为矮伯伯，还说我是天下第一个好人！因之……”

石冰笑笑，接口说：“这是罐头牛肉的特别功效，你倒很花一些本钱哩。”

“花掉一些小本钱，换到那么多的情报，那也不坏了。”

石冰猛吸了一口土耳烟，赞美道：“不坏不坏！”

矮子以惊人的速率，吞完了第八客三明治，他一眼望到石冰身前的橘汁，还是原封未动，于是他把那只玻璃瓶，很斯文地移到了他自己的身前。

柜以内，播送出一阵混合的轻倩的笑声。

石冰眼看这矮子，以一种龙取水的姿态，猛吸着那瓶里的黄色的流液。他又问：

“没有别的消息了吗？”

“还有还有！多着咧！”矮子暂时吐出了他的纸管，说，“前天呢——不知道还是更前天，姚朴庭突然接到了一封信，于是，他又骚动了起来。”

“一封信？谁寄的？”

“你！”矮子暗想：请你不要假痴假呆吧！

“他知道那封信，是我寄给他的吗？”

“为什么不知道？他的眼光，精细得很咧。”

“他接到了我的信，有什么表示?”

“他恐慌得了不得!”矮子轩轩眉，轻鄙地说，“真的！法国货的保险箱，有什么用，哪怕德国货咧!”

“你不要把事情看得太轻易!”

“必要的话，我们只要玩玩那些二碳氧火钻或是硝酸甘油的老把戏，那也很够了，你说是不是?”矮子挤挤眼扮了一个鬼脸，“所以，他自己也知道，那口法国保险箱，在你的眼光里，是绝不会有马其诺防线那样可怜的价值的！因此，他不得不重新动动他的脑筋了。”

“如果他真这样想，那太重视我了。”石冰笑笑说。

矮子又把那支细管，送进他的阔嘴，在一种壳壳声中，吸尽了瓶内最后一滴液体。

石冰向他看看，立刻伸起一只食指，屈作了一个钩形，向柜内的姑娘们弯了几弯，做成一种召唤的姿势。

那个站在最远的红背心的姑娘，抢先走了过来。石冰伸直他的食指说：

“再来一瓶。”

一瓶冷而黄的流液，随着一张热而红的面孔，一同送到这位赖斯朋的幻影之前。

石冰把这橘汁，轻轻推到了矮子的短髭之下。

矮子望望他这同伴，他把空瓶推开些。他第二度又斯文地，抓着了这满的一瓶。他缓缓地说：“昨天，我遇到一个奇怪的经历。”

“说下去。”

“就在昨天傍晚，我的那位新认的乡亲——姚朴庭的贴身男仆——他偷偷给了我一个电话，他主人已把那只蓝色的大信封，从保险箱里拿出来藏在身畔。看样子，好像预备要出去了。”

“哦!”石冰现出了很注意的样子。

“我的那位乡亲，曾经告诉我：姚朴庭在中国银行静安寺路的分行里，租有一口保管箱，因此我想：那家伙一定是要把这信封，送进保管库中去了。——果真如此，这使我们的下文，比较又要麻烦一点了。你说是不是?”

石冰弹掉一点纸烟灰，点点头。

“所以，我一得这个消息，立刻赶到三杏别墅去。”矮子吮咂了一下那支细管，然后这样说。

“三杏别墅?”

“这是姚朴庭最近居住的所在。他为养病，新买了这所屋子，地点是在尽丰路的尽头。至于你的信，却是从书宅里面转去的。”

“哦！说下去吧。”

“我只费掉了不到十分钟的时间，已赶到了三杏别墅的门口。那里有一带高高的围墙，马路对面，一座新添的自警亭，斜对着这围墙的铁门。借着这小小的木亭，正好暂时做了我的掩蔽物。”

“哦！”石冰弄熄了他的烟蒂，很着意地倾听。

“不多一会儿，果然，我从自警亭的直角形的玻璃里，望见这家伙从铁门里走了出来。他的态度非常悠闲，装得像无事一样。在门外，他忽皱皱眉站定了步子。他像不甚放心似的，按了按他的西装大衣的衣袋。连着，他从大衣袋里，摸出那个蓝色的大信封，看了一看，再把它塞向大衣袋里。然后他缓缓举步，向大西路那边走去。这情形，我在玻璃里看得很清楚，但那个家伙，却是一无所觉。”

“他向着大西路那边走去吗？”石冰的眼珠闪着光华。他问：“那你怎么样呢？”

矮子抹抹他的滑稽的短髭，举着他的滞钝的眼珠，在来往的人群之中望了一下，他眼望着柜内那些漂亮的姑娘说：

“当然，我在十码路以外，立刻偷偷尾随在他身后。走了约有二十家门面，巧得很！我碰到了小毛毛——那个铁膀子的小抖乱，我向他‘拍了一个电报’，告诉他有‘公事’，于是那小子摸摸他的‘粉臂’立刻老远跟在他的身后。”

第二只瓶又见了瓶底。矮子咂咂嘴，把那只被肃清的瓶子推开些。他继续说下去：

"奇怪！那家伙沿着那条大西路，像练习台步那样，一直大摇大摆走了下去。——你知道的，那地方是越弄越冷静了。那时候，天色已将近断黑，路上简直不见什么行人。我当然不肯放弃这个机会。于是，我招呼了毛毛，我们像一阵风那样抢到他的身前，拦住了他的去路。"

"好一个戈林式的姿势！"石冰讥讽似的插口。他又问："结果怎么样？"

"那位摆不平先生，很容易被我们摆平。他真识相：他向毛毛的臂膀看了看，立刻，他无抵抗，无条件，而又无可奈何地，把他大衣袋内的宝物——那个蓝信封——双手奉送了我们。"

"这可以称为三无主义！"石冰又冷峭地说了一句。他问："你曾把这蓝信封，拆开看看吗？"

矮子掀掀他的扁圆的鼻子，做出了一个很奇怪的表情，忸怩地说："拆开看过了。你——你猜猜——"

石冰忽然伸起右手，把四个指头，在口角边上一遮，立刻又向外一送——这是一种银幕上面习见姿态，你能看见那些漂亮的"小生"，常常向他们的女主角，表演这种有趣的小动作。他急急拦住了矮子的话道："好了请你不必再往下说吧！"

当石冰伸出四指，做着这种挥送的姿势，他的眼梢，恰巧在那个红背心的姑娘的脸上轻轻掠过。于是，他无心的动作，立刻使这位姑娘的两靥，被抹上了一朵误会的红霞。

“喂！一个飞吻！”一个姑娘在轻轻地这样说。

“电报收到了！要不要我代你签一个字？”另外一个香脆的声音，附加了一句。

“告诉小张，撕碎你的嘴！”这是那个被调侃的姑娘的反抗。

石冰对这柜子里的轻松活泼的短镜头，完全看得很清楚，他一面暗笑，一面只管向矮子说：“喂！那个信封里，是几页无字天书呢，还是几张香肥皂的广告呢？”

“可恶之至！”矮子拍了一下肥腿，怒喊起来道，“那家伙竟敢把大半张旧《申报》，折叠起来撑满了一信封！”

石冰大笑起来，幽默地说：“那张同治年间的报纸上，有些什么新闻呢？”

矮子感到自己努力所制造的成绩，由“不坏”而变成那样的“坏”！他自觉有些难堪；他的橘皮式的脸，涨得很红。一面，他又非常惊奇地说：

“啊！首领！（他又忘却了顾忌）你真是仙人！那封信里不是真货，你怎么会知道的呢？”

“还要问吗？这是显而易见的——”石冰笑笑，恬静地说，“你想吧！那个摆不平的家伙，他明知有人要劫夺他这信封，他为什么要把这种重要东西随便带在身上呢？既已带在身上，为什么不藏在贴身，而要放在最外层的大衣袋里呢？他为什么要站在门口，把这信封取出来看呢？他外出为什么不坐车子，而要步行呢？像他这样的排场，当然不会没有自备的车子的，是不是？最后，我要问：他为什么要走那条冷僻的路？——况且，你会推测他预备把这信封送进保管库去；但是那家中国银行的分行，并不是在那条冷静的大西路上呀！是不是？”

石冰轻轻举出了这一大串的理由，矮子不禁恍然大悟！他又拍了一下腿，连声赞服地说：“啊！密斯脱——石，你真聪明，聪明极了！但是，眼前我们应该怎么应付呢？”

矮子这样问时，石冰暂时不答。这时，他见自己身旁一长排圆凳已经坐满，而有几个顾客，却在找寻他们的座位。于是，他顺口回答他这同伴道：

“眼前，我们第一件要做的事，就是付掉我们的账款，让别个顾客吃一点，坐一会儿。”

说时，他第二度又付出了橘汁与三明治的代价。他从半臂的浅袋里，掏出了他的打火机燃起了新的一支烟；一小串匀密的圈圈，在他的口角悠闲地漏出来。当他抽身从那圆凳上站起时，他瞥见那个身材苗条的蓝旗袍的姑娘，仰着脸，洋洋地在说：

“二十八岁的贝锡赖斯朋要走了！唱一支《何日君再来》，送送他吧。”

“今宵离别后，何日君再来？……”一种抑制着的轻切的歌声随之而起——这是那位绿衣姑娘的伴奏。

一阵混合的欢笑声，轻轻从柜内播散出来，引起了圆凳上的几个顾客的注意。

石冰向柜内那些热情的姑娘们，投送了最后的留恋一眼，他偕着他这肥矮的同伴离开了这好像很可留恋的地方。他在跨上第一层的石级时，还听得一个薄轻的声气，尖锐地从嘈杂的声浪中穿出来：

“嘘！你们这些臭嘴的乌鸦！哇哇哇！讨厌！”

矮子孟兴，仍以鸭子式的步法，蹒跚地跟着石冰跨上石阶，他的头颅将近钻出地下层时，像想到了一件事情，略略顿住了脚步说：

“啊！首领，还有两件事情，我还没有报告。”

“两件事吗？我能代你说出一件来。”石冰且走且说，“那个姚朴庭，在假信件被劫之后，他已立刻报告警局，而且，他是指名被‘我’抢劫的，是不是？”

“啊！首领，你真有些仙气，”孟兴侧转脸来，格外惊异地说，“你怎么会知道这件事？你已经亲自出马打听过了吗？”

“何必打听？这是不难猜想而知的。”石冰耸耸肩膀说，“总之，你须知道，这是一个巧妙的计策：他既接到了我的恐吓信，他预料着我，也许会派人守候在他的门外。因此，他特地把一个假的信封有意亮到我们的眼前，准备让我们劫夺——他很希望我们这样做。”

“但是——他的用意何在呢？”

“他单等假信被劫之后，立刻报告警局。一面，他要使那些警探们麻烦着我，而分散我的精力；一面，他又要使这信件的原主——那位政治家——把眼光移到我的身上，做成一种移祸江东之计。然后，他好找出适当的对策，应付我们两方面。”

他顿了顿，又道：“他把一片小石投在水里，准备激起几方面的水花来。好！这计策很不错。”

孟兴伸伸他结实而多毛的臂膀，握着一个拳头表示他的愤慨。

石冰悠闲地问：“你说，还有第二件事？”

“即刻我们那位乡亲又告诉我：今天早晨又有第二个信封出现了。”矮子皱皱眉，发出一种困惑的声音说，“他在窗外偷看到他主人，不知从什么地方，又拿出一个完全同式的淡蓝色的大号信封来。他还看见他把一张整张的油纸，厚厚叠作四层，包在那个信封之外，另用一根麻线十字式的扎在包外。”

“啊！那个伴装的信封，披上了一件中国式的油衣，也许，这是真货吧？”石冰扬着手里的纸烟，自语似的这样说。他又着意地问：“你的那位乡亲，不曾见他主人把这东西装进衣袋吗？”

“以后的情形，他不会看见。因为一刻钟后，他被他的主人，差到永安公司去买沙丁鱼和青苹果，因此他没有看到这信封的下落。”矮子又皱皱眉说，“据他料想：他主人一定是有意借端把他差遣出去的。因为，在这三杏别墅里面，除了一名车夫之外，只有他这一个贴身的男仆，——那个车夫在前几分钟，预先已经被差了出去；如此，别墅只剩下了姚朴庭独自一个。并且，依素常的习惯，要买公司里的东西，总是用电话通知送货；而这一次却破了例。可知他主人，必是有意遣开了他们，好把这要件藏进什么秘密的所在去。”

石冰冷笑着说：“我们这位姚先生，他真太细心啦！”矮子又紧握了一下拳头。

石冰耸耸肩说：“你的那位乡亲，他倒很聪明；他的料想，也许是对的。”他沉吟了一下又说，“依你这样说，那些真的信件，眼前还在三杏别墅里？”

“我以为如此！”矮子坚决地说，“我知道这老家伙，虽然相当狡猾，但是胆子却很小。昨天，他已尝到我的滋味，料想暂时，他一定不敢再把他的东西公然运输出来吧？”

石冰沉思似的点点头。

二人一面说，一面走。他们在这许多辉煌而富有吸引力之玻璃橱柜之间以一种悠闲者的姿态缓缓地兜了几个圈子。当他们将要踏出这个百货公司的门口时，石冰忽然旋转头问：

“喂！老孟，你的那个失败的战利品没有抛去吗？”

“那个信封吗？带着咧。”孟兴像想起了似的那样说，“我忘记给你看了。”

一个淡蓝色的厚厚的大信封，送进了石冰的手间。这信封里裹着大半张花费了相当大的气力而换来的旧《申报》。

石冰看了看这封口上被剥碎的火漆印，默然把它按进了自己的衣袋。

他又不经意地，向这矮子问：“我们这位姚老夫子的家庭里，还有些什么人？”

“一位夫人，一个姨太太，都是住在高宅里；大儿子已经娶了亲分居在两地；还有一个小儿子，在××中学读书。”矮子像背书那样熟稔地回答。他又附加道：“听说，他这小儿子，却是他的半条命。”

说话之际他们举步跨出了这贵族化的大商场的门口。踏到南京路与西藏路的交叉口，二人倚着路口的铁栏，又匆匆密谈了几句。最后石冰向这矮子说：

“老孟，这几天你很辛苦了，今天晚上，好好休息一下。有一家袖珍舞厅，今晚举行通宵，还有一个黑灯舞的节目，你要不要到黑暗里去找些刺激？”

“黑灯舞，我最欢迎，可惜——”矮子抹抹他的短髭，他像忸怩似的并没有说完。

“可惜你的夫人，严格管理着红灯！是不是？”石冰笑笑。

“非常时期，交通困难。”矮子耸耸他的阔肩解嘲地说。

下

同日的两小时后，太阳在东半球的办公时间将毕。慈悲的夜之神，不忍见这大都市的种种罪恶，她在整理着广大的暗幕，准备把一切丑态，完全遮掩起来

斜阳影里，有一辆流线型的兰令跑车，在幽悄的地丰路上，悠悠然地驶过来。

哇！哇！哇！哇！哇！哇！阵阵的归鸦，结队在天空聒噪，它们像在讥笑着人间的扰乱，而在歌颂着它们自己的安适。不错！这是值得向都市中的一班人们骄傲一下的，你看，它们个个有着它们老营的安适的屋子，至少它们绝不需要瞻仰所谓二房东的和蔼可亲的面目！

因这鸦噪，引起了这乘车者的仰视，连带地，使他望见前面五十码外，有三株大树，巍巍然矗起在路隅一带高高的围墙以内——这是三杏别墅房前隙地上的三大

株银杏。“三杏别墅”这一个风雅的名称，正是由此而取的。

五十码路一瞥而过，越过了一座新点缀的漂亮的自警亭，这跑车上的人一跃而下，他把他的车子，推上这自警亭斜对面的边道，倚在那带高高的围墙之下。这样，他可以获得对方一个三小时的义务守望员，而不愁有人会偷走他的车子。

围墙斜对面的那个安闲的自警团员，眼看着这胸垂红领带的家伙把双手插在裤袋里，仰着头向围墙内的那些树枝看了一下。在向晚的凉风里，不时有些枯黄的树叶，从这高高的落叶乔木上面飞舞而下；有一片拂过了这人身上的一件米色上装的肩部。

连着，这人便举起轻捷的步子，走向那两扇铁门之前，伸手按下铁门边的电铃。片晌，铁门上的一扇狭小的套门轻轻开放，有一个满面机警的年轻的仆役，在这狭门里面露出半个脸，带着询问的神气。

一张名片从这西装家伙手内递进了年轻仆役的手，这名片上，很简单地印着两个仿宋字：

霍桑

似乎因为纸价飞涨的关系，这纸片被切得那样的渺小，可是这上面两个字，却给人们以一种非常伟大的印象，这比较这位来宾身上的华贵的服饰，具有更大的魔力。

那个年轻的仆役，过去他似乎曾经听到过一些这位大侦探的神奇事迹的，立刻他的眼角闪着光华，而在“有什么事?”的问句之下，非常恭敬地加上了“先生”两个字的尊称。

“我要拜会姚朴庭先生。”来宾以一种上海绅士式的调子，傲岸地说。

“请进来。”这年轻的仆役垂手让出路来。

对面的自警团员，眼看这位上海式的绅士，被招待进了铁门，那扇小门又轻轻关闭。

踏进铁门，靠近左侧的墙垣，是一条约有十五码长的煤屑走道；两旁砌着矮而参差的假山石。这煤屑走道，似乎筑成还不很久。墙下的一带狭狭的隙地间，植有一些新植的小冬青树和几簇草花。墙下另一隅，置有泥铲、竹枝扫帚，跟修树枝的巨剪，和一架横倒着的大竹梯。这种种，都表示这所别墅中的新主人，正忙着在修葺他的小小的乐园。

在煤屑走道的右方，那是一片空旷的场地，地面上显示着一种新被铲掘过的样子。一小部分乱草，堆积在那里，不曾完全清扫，前几天下过大雨，被铲过的低洼部分留有许多水渍。在这空地的一角，堆置着几叠整方的薄泥片——这是一种植有细草的泥片——准备在这不平整的空地上，铺上一层软绿的地衣。

这里最触目的，却是空地中间的三株大银杏，列成一个鼎足形。它们的年龄，还不算怎样老大，可是也都有了合抱以外的粗；正中的一株，大概已超过四丈高。

这是人类添衣的季节；而在植物，却是一个卸装的时期，绿森林的广大树荫，已脱落了好些树叶，在树底潮湿的地面上，四处铺下了薄薄的一层。

哇！哇！哇！空寂的聒噪声，引得煤屑走道上的来宾，仰射起了视线。这使他想起即刻在路上所见的一阵归鸦，也许内中有几头小家庭就建筑在这里的树头上；在这傍晚时节，一种归家时的欢笑声，不时划破了四下静寂的空气。

这里有一种都市中间少见的幽悄的景象。

走完了这曲尺形的煤屑走道，迎面，一座屋子遮住了眼帘——这是以前一座祠堂拆改成的屋子，经过了第三度的化装，才改成眼前这种摩登的式样——虽仅三间半西式的小平屋，却收拾得非常清洁而耀眼。

屋子之前，筑成一带走廊；廊下有四根髹漆的方柱。这里陈列着几只鼓形的磁凳和几盆花，令人想见夏夜坐在这里纳凉，必有一种意外的舒适；尤其是养病，更是一个难得的好地方。

大侦探在这走廊之下略等，他的渺小的名片上的伟大的名字，由这年轻仆人，先送进屋子。

一会儿，这位名闻全国的贵宾郑重地被招待进了中间的一室。

当那主人带着一脸笑容从一只大旋椅内站起身来迎接时，在他的和蔼可亲的笑容之后，分明藏有一种非常的狐疑，一面在想：

“哟！这位大名鼎鼎的私家大侦探，打扮得这样漂亮！他的生意，很不错吧！可是他突然光降，有什么事呢？”

主人已有五十以上的年岁，一张脂肪充盈的红脸表示在这大动乱的时期，并不曾受到缺米或缺油的苦痛。他的两眼充满着慈祥之色；只是顾盼之间，带着一些斜视，给人以一种聪明多智的印象。他的身材不很高大，却有一种精悍的样子，显见他在盛年时，也是式式来得的人物。

红领带的大侦探，又在口头自我介绍了一下，他接受了主人姚朴庭的客气的招呼，坐进了一只靠壁的软椅里。

仆役敬过烟茶，主人开始必要而不必要的客套。他说：

“一向久慕盛名，可惜没有瞻仰的机会。今天难得——”

大侦探似乎久已养成了一种节省时间的习惯，他不让主人客套下去，立刻接口：

“兄弟受到一个人的委托，有一件事想和先生接洽。”

“有一件事要和我接洽?”主人把慈祥的眼色，斜射在这大侦探的脸上。

“我的委托人，有几件文件，留存在姚先生处，现在他委托我和先生来谈判，准备把这些文件收回去。”红领带的霍桑，爽脆地说明了来意。

“哦！霍先生所说的，就是，就是藏国华——藏先生的事?”主人圆圆的脸上迅速地添了一层笑意，他高兴地想。

“呵！来了！毕竟忍不住了。”想时，他说：

“听说藏先生，要登台了。他很得意吧?那很好！我准备把这些信件，还给他，当作他登台的花篮。”

这一头慈祥的老狐狸，分明想借这种圆滑有刺的俏皮话，腾挪出一些时间来，好准备他的适当的应付语句。

霍桑严肃地说：“必要的话，他可以绝对依从姚先生的条件。”

这话一出口，却使这老家伙，马上感到一种困难。

他吞吐地说：

“那——那再好没有。但是很抱歉——”他又改变口吻，“但是很不幸！”

“我知道！”霍桑立刻以一种大侦探的应有机灵的姿态，截住了他的吞吐的语句而凝冷地说，“我知道这东西已遭了劫夺！”

老家伙转着眼珠，露出了不胜敬佩的样子。他慌忙问：“那么霍先生可知道，劫夺这信件的人是谁？”

“我知道，”大侦探仍以一贯的语调回答，“又是那个讨厌的浑蛋！”说时，他指指他自己的耳朵，嫌憎地说，“那个耳朵上面挂招牌的浑蛋！是不是？”

这老狐狸听说，脸上格外装出了惊奇不胜的神态。其实他在暗自欣喜：他的妙计，消息居然会广播得那样快！他又暗暗筹度：眼前，囤货脱手的机会已到，要不要就把实话，向这大侦探说明呢？沉思之顷，他举目望望这大侦探手自指着的耳朵，只见他的耳轮又大，又厚，其白如玉。他想：记得中国的相书上，好像有过这样的两句：“耳白于面，名闻朝野。”看样子，当前这个机警的人物，和相书上所说的话，倒有些相符的。就在这略一沉吟的瞬间，他已找到了一句腾挪的话。他把拇指一跷恭维地说：

“霍先生名不虚传，料事如见，佩服，佩服！所以，我一遭到这事，就想来找先生商量。”

霍桑向他笑笑，似乎说：“帽子很高！但是，你为什么不在五分钟前说出这句话呢？”

想念之间，他把一种严冷的视线，紧射在这老狐狸的圆滑的脸上说：“有一件事很奇怪！”他停顿一下，突然厉声说道，“那被劫的信件并不是真的！”

“什么？”老家伙的脸色一变，几乎从大旋椅内跳起来！他感到自己的把戏，已被这个侦探一语道破，未免恼羞成怒；要不是还想顾全脸上的慈祥商标，他几乎就要大声咆哮。

但是，他听这位大侦探又用较缓和的语气说道：“我的意思，是说：也许，那些真的信件，是被这里屋子里的什么人——譬如说，用人之类——预先调换了去。”

这缓冲的语气，使这老家伙透出了一口气。立刻，他恢复了他的镇静，笑着摇头：

“没有那回事！绝没有那回事！”

“然而这是事实。并且，我根据某种线索，知道那一个‘深灰色’的大信封，还没有走出这里的门槛。我可以和你打赌！”霍桑以大侦探的习惯的口吻坚持他的意见。

“深灰色的大信封？你去弄弄清楚再说吧！我的大侦探！”老家伙在那旋椅里面旋了一下，这样轻鄙地暗想。

他又讥刺似的说：

“霍桑先生的意见，自然总是准确的！那么，要不要把我的下人喊进来，切实追究一下？我这里，只有一个当差的和一个包车夫。”

他伸手作势准备按那桌子上的唤人铃，但霍桑却阻止他说：“暂时可以不必。”

老家伙感到这事情的局势暂时已经弄僵，脱货求现的交涉，当然已经无法进行，于是，他索性尽力揶揄着说：“那么，霍先生，你要不要查查我这三间破屋子？”

他又含笑说：“如果霍先生真能在这螺蛳壳里，找到那个深灰色的大信封，那我真要像小孩看到魔术时一样惊奇！”

“只要姚先生，能宽假我一小时的时间！”大侦探挺挺腰肢，发出极有把握的语声。

“哼！一小时？我可以允许你一百年！”老家伙心里暗思。一面他从旋椅内站了起来说，“不胜欢迎之至！霍先生请便。”

红领带的霍桑，也随之抽身立起，从容燃上了一支自备的纸烟。

这时候薄薄的暮色，已像纱幕那样挂了起来。这小小的屋子，被笼罩于迎面广大的树荫之下，光线显得格外晦暗。屋外，一二声的鸡鸣，依然不时划破了幽悄的空气。

姚朴庭顺手扭亮了电灯，霍桑乘机以锐利的眼光，先向眼前的屋子里游目四瞩。

先前说过：二人谈话的所在，是在三间屋子中的正中一间，这一间屋子，似乎兼带着憩坐、会客与办公的各种职能。这里给人一种简洁明净的印象。一切的大小陈设，绝无一件多余的东西。左右两壁安置着四只软椅，与两只矮几。壁上，两面各挂着一座闭边镜框，配着两张西式风景画——这是一种印刷的画作；抑是手绘品，大侦探一时却不暇加以细察——后方窗下，陈设一张双人大沙发。在劈对空地的前面，有六扇玻璃窗，靠窗放着一张大号的钢质写字台；写字台上的东西，也是那样单调，笔架、墨水壶之外，一只唤人铃、一架电话台机，与一个烟灰盘，如是而已。

总之，在这一览无余的屋子中，除了那张写字台的几个抽屉之外，简直没有一个可供隐藏那枚信封的地方。然而这一头狡猾而胆小的狐狸，他会把这重要东西随便藏在这种明显的所在吗？

粗粗一望之后，这位大侦探，感到在这正中的屋子里，已绝无一点搜寻的价值。于是，他不禁举眼，流盼到左侧的一扇门上。那扇门正开着一半，并不曾关闭。霍桑探头进去张望了一下，他很有礼貌地回头看着主人，似乎要取得了许可，而后再进去。

老家伙非常识相，抢先推开了这扇门。顺手就在门边拨开了灯钮。他回眼向这大侦探说：

“那个灰色大信封，在未遭劫夺之前，就藏放在这间屋子里，这里有一座保险箱，霍先生你可要进来看看啊？”

“很好！”大侦探悄然跟随主人走进这左侧的一室。

这里的布置，和中间一室，有着相同的简洁单调的情形。左方靠壁，列有两口红木镶玻璃的什景小橱，橱内杂列着瓷、铜、木、石的小件古玩。对方有两座书架，稀疏地放着寥寥几册书。前面窗下，设有一只紫檀小琴桌；一小方山石和一只小钢鼎是这小琴桌上的点缀品。

大侦探的锐利目光，在接触到室中每一件东西时，先很乖觉地，偷眼察看主人脸上的反应，然后，他再决定要不要对这件东西，加以密切的注意。

可是，他这斯文而乖觉的眼光搜索的结果，似乎依旧并无所获。

最后，大侦探的视线，凝冷地移射到了室隅一座并不十分高大的保险箱上——这箱子约有三十五英寸高。当然，大侦探对于新旧各式的保险箱库，有着相当丰富的知识。他在一望之间，不须细看这箱上的牌子，就知道这是一种法国 Hlequrue 大铜厂的出品，箱门上装有综合转锁，在一班十九世纪的盗贼的眼光中，正是一种看着头痛的东西！

当霍桑的眼光，有意无意地射在这箱门上时，那只狡猾的老狐狸，居然抢先开口，他说：

“以前，我把那些信，藏放在这口保险箱里。这箱子装有密码暗锁，钥匙永远放在我的脑壳里。霍先生你看，谁能从里面，变那掉包的戏法呢？”

说时，他竟不等霍桑开口，立刻俯身旋着转锁，自动开了这箱门。一面，他把以前藏信的所在讥刺似的指给霍桑看。

其实大侦探是何等机警人物？他偷眼一看这老家伙的神态就知道那个信封，绝不会用“押老宝”的方式，留存在这座保险箱里。

这第二室经过大侦探眼光的一番斯文的搜索，过去的经验告诉他：这里似乎也并没有可供密切注意的地方。

最后，他们踏进了第三室。——这是主人的卧室。率直些说吧，这里的简单情形，与前两室相同，而侦察的结果，也与前两室完全相同——那就是说：我们这位夸大口的魔术家，并不曾实践他的诺言，而把他的白鸽和兔子从帽子里面突然变出来！

大侦探挟着满脸的沮丧，回进正中一室，颓然地倒进先前所坐的椅子里，他似乎想把他的气愤，尽量在纸烟上面发泄。只见他皱紧了双眉，尽力把他的脸面，埋进了浓浓的烟雾中。老家伙坐在一旁，悄然凝视着他，慈祥的眼角里，露着一点怜悯的意味。

二人暂时无语。窗外，仍有一种哇哇的声音，代替了主客间的应对。

一会儿主人看看手表：忽然自语似的说：“哦！七点十五分了。我的表，也许太快了吧？”他这语气既像是揶揄，又像是逐客，实际分明是说：“一小时的时间，差不多啰！要变戏法，快些变呀！”

大侦探的颜面神经，似乎具有相当的密度，他听了主人这种冷酷的讽刺，并不稍动一点声色，忽然，他从椅内抽身站起，要求主人让他借打一个电话。

他在那架台机上，拨了一个号码，高声向话筒中说：“啊！包朗吗？是霍桑。我的工作没有完毕，晚饭不必等我。”

主人在一旁喃喃接口：

“霍先生不嫌简慢，就在这里便饭。”

电话的对方，简单地回答：“OK。”这所谓包朗，具有一个十足沙哑的嗓子。打罢电话，大侦探退归原座，仍旧把他的脸面，埋进了纸烟的浓雾中——看他的样子，并无就走的意思。也许他是因为感到轧米的不易，真的想在这里叨扰一餐免费的晚餐。

主人以一种惊异的目光流盼着他，慈祥的脸上，渐渐堆起了一种不耐烦的神情。

霍桑的电话打出未久，那架台机上的铃声忽然大振，有一个电话从外面打了进来。主人顺手拿起听筒凑上了耳朵。

本年度的沙哑的嗓子，似乎适逢旺产的时期，电话中的对方，也是一个沙哑的声音：他自称是××中学的舍监。姚朴庭在话筒里面问答了几句，他的圆圆的脸上，立刻露出了非常惶急的样子，只听他慌乱地说道："我——我就来，我立刻就来！立刻——"

匆匆放下听筒，他以一种很不自然的眼光，看着这位大侦探说：

"抱歉之至！我有一桩要紧的事情，立刻就要出去，请霍先生在这里宽坐一会儿，好不好？"

他的语句的表面是在留客，而他的语句的夹层却是在逐客。——很微妙的！这是我们中国绅士们的传统的谈话艺术。

当时，我们这位大魔术家，正因一时变不出戏法而感到一种无法下场的尴尬，一得这个机会，马上他用收篷的调子，解嘲似的说："好好！明天我再来。明天——我一定可以把信件找出来。然后，我再代表我的委托者，和姚先生来谈判。"

"好得很。"老家伙心不在焉地应对了一句，他匆匆拿起了他的帽子。

二人并肩走出这幽悄的三杏别墅。在再见声中，一个匆匆跳上包车，一个悠然跨上自由车。这里，剩下了那个青年的仆人，和树顶上几头乌鸦，负起了守护屋子的全责。

两种车辆，一前一后，沿着同一的路线进行。

包车夫的腿，似乎比较自由车的轮子活跃得多，眨眨眼，二者之间，已脱空了一个相当长的距离。这辆兰令的跑车，驶到一个岔路口上却转了弯，但不到两分钟的时间，这跑车又在路口出现而飞速地驾回了原来的地点。当时，前面那辆包车的影子，早已消失在苍茫一片的暮色之中。

这辆轻捷的跑车，以飞一般的姿态，重新驶回三杏别墅的铁门口。红领带的大侦探，轻捷地跳下车子，他第二度又去按那铁门边的电铃。当那个年轻仆人把一种惊异的目光，投上这位的来宾身上时，大侦探把车子推进门口，他和这机警的仆役，立着密谈了片晌。结果，他把一小卷"不值钱"的纸片塞进了这年轻人的手内，于是，我们这位侦探家，立刻取获了暂时在这三间屋子里面自由行动的特权。

大侦探以闪电式的行动，二度在这小小三间屋中，进行了一个较自由的搜索，有几个地方，他竟很不客气地，自由使用着他的百合匙；甚至，他连主人卧室中的被褥与枕套，也都翻检了一遍。他的手法，和外科医师施行解剖时的手法一般的敏捷而熟练，前后只费了几分钟的时间，他已完成了他的应做的手续。奇怪！当时他的行动，不像是一位大侦探，而很像是一名具有十年以上经验的贼。于此，我们很可以获得一种宝贵的教训，那就是说：在我们眼前这个太微妙的社会上，往往有许多站于绝对对立地位的人物，例如侦探之与贼，强盗之与名人，绅士之与流氓，等等，他们的身份固然是对立的，而在某种地方，他们间的品性与手段，却往往是相类甚至相同的！

这贼一般的大侦探，在这三间屋子里的再度搜寻，结果照前一样，并不曾获得什么，而他也预计不会获得什么。他知道眼前所需要的，却只是思想，而并不是动作。他想：除非那些信件，真的已不在这所别墅。

于是他退归那间正中的屋子，以主人的姿态，坐进主人方才的那只大旋椅。他努力燃烧他的土耳其纸烟，以鼓动他的脑壳中的机器。

这天他的机器似乎很不济咧！他思索的结果，也像他的动作一样，并不曾获得什么。脑细胞在浓烈的烟雾之中，消耗得太多，渐渐地，他已感到有点脑涨。

“哇！”一声鸦鸣打扰了他的迷离的思绪。

迎面玻璃窗外，夜已完全笼罩住了那片场地——这是一个澄明的深秋黄昏——一个八分圆的月亮，刚自偷偷爬过了围墙；月光从树叶空隙中钻进来，把那三株银杏，勾成一片混合巨大的剪影。

大侦探凝滞的目光，被这鸦鸣所唤起。他从玻璃窗中仰射起他的视线，在那沉浸在银色月光下的树顶上，他看到了一个有趣的情形：一头孤独的乌鸦，撑着它的疲倦的翅膀，正在低低地盘旋。咦！这小生物并不曾遭逢到人间的乱杂，为什么它也表演出这种“绕树三匝，无枝可依”的姿态呢？

“嘘！你们这些臭嘴的乌鸦！哇哇哇！讨厌！”

一种夹有南国口音的清脆的娇叱，蓦地浮现于这戴红领带的大侦探的耳边；同时，白昼地下室中的几个活跃的镜头，又在他的眼底闪动。

因这不相干的回忆，却使他的紧张的脑筋，暂时获得了一种轻松的舒散，于是，他把他的身子从旋椅里面轻轻旋转过来，他重复地无目的地游目四瞩着这室内的简单的一切。

当他的视线，接触到壁间的一座镜架上时，他忽然想起在一些外国的影片中，常见一种小型秘密银箱，被镶嵌在墙壁之中，而用一种画片挂在外面作为掩蔽物。

“会不会在这座镜架之后，也有这种秘密的设备呢？”他有意无意，好玩似的这样想。

“哼，好一个幼稚的想念！哪里会有那种事？”他立刻自己驳斥，一面自觉有些好笑起来。

可是，他虽想着不会有这种事，而他的身子，却已从旋椅里面站起，一脚踏上了靠壁的一张软椅之上。他居然开始动手，搜索着这镜框后面的墙壁。当他把这悬挂在壁间的镜框双手轻轻揭起时，立刻，他已感到一种失望——一种意料轻微的失望——他发现这洁白的墙壁上，并无半点异状。

他虽觉他这举动的可笑；可是他还放不过对方壁上那个镜框。他又轻轻地跳跃上了对方的软椅，在第二个镜框之后，施行无聊的检查。结果，当然，他看到那墙壁上是天衣无缝；即使要隐藏一枚针，那也是不可能的事。但是，至少，他在这第二个镜框的本身上，已找到了一种可注意的东西！一种意外欣悦的情绪，迅速地控制了他，他的一颗心，立刻感到有点怦怦然！原来，这镜框背后的木板上，附属着一方三寸宽尺许长的厚纸片，用一些细小的铁钉，钉住在那里——看样子，分明这是一种出于匆忙中的设计，做成了一个简陋的信插的样子；而这信插的长度与阔度，恰好可以藏进一枚大号信封。

啊！这是一个相当巧妙有趣的秘密设计呀！如果，

你把什么重要文件，隐藏在这里，即使有人移动这镜框，只要那人忽视这镜框的后部，那么，那人一时仍不会发现这秘密。

“呵！毕竟找到了！”大侦探站在那软椅上，几乎要高声欢呼起来！可是，且慢高兴呀！他把他的手指，挤进这秘密的信插时，一秒钟内立即使他感觉到一种严重的失望，原来，很不幸的，里面竟是空无所有！

大侦探站在高处，呆住了。

可是他想：无论如何，那个可恶的老家伙，曾经把这些信件，在这镜框之后隐藏过，那是无疑的事！

现在，他又把这东西搬到哪里去了呢？

他从软椅上颓然跃下，举起一种沮丧的视线，怅惘地看着这壁上的镜框只管出神。这镜框配置的两张西洋的风景画：左方一张，画着一片旷野；远处有一带秃枝的树株，被笼罩在一抹绯红的霞影里，紫色的天空间，涂着两行黑点，那是一群薄暮归鸦。

右方的一张，画的是几株巨树，当前最大的一枝，一枝粗而横斜的枝干上，缀有一个鸦巢。两头轮廓清楚的栖鸦，被安插在在危巢的一隅。树后嫣红的夕阳，抹上了辽远的天际。

总之，这两壁间的两幅画，却是取材于同一景色，而用远近两种镜头所绘成的两个不同的画面。

由于这时较精审的注视，他方始觉察这镜框中的两幅画，并不是印刷品，而是一种笔致极细的油画。想到“油画”，有一种字画相近的东西，立刻闯上了他的脑膜。他的眼珠一阵溜转，突然想到两三小时前，那个矮个子曾向他这样说：

——他看见他把一张整张的“油纸”，叠作四层，包在那个信封之外。另用根麻线，十字式地扎在包外——

（至此，读者们当然早已明白这一个戴红领带的漂亮的大侦探，他的真面目是谁。）

蓦地，这位大侦探像在大海之中抓到了一块木片，又像在万黑中发现了一道微光。他想：那个狡猾的老家伙，倘不是怕那封信受到潮湿，为什么要用一张油纸，包在外面呢？

他不等想完，立刻匆忙地奔出室外，他把双手插进口袋，站在屋前的走廊之下，举起他的锐利的搜寻视线，四向搜寻着他所要搜寻的地点。

咦！一只飞鸣的乌鸦，背负着月光，还在树顶上面盘旋。

水一般的光华下，看到一种情形很有些可异！只见一头孤独的乌鸦，飞鸣盘旋了一会儿，疲乏似的落到一个高高的树枝上，另一头乌鸦，却继之而起；第二头乌鸦在树头盘旋了一会儿，刚自停下来，而第一头乌鸦，却又张翅起飞，它们轮流地像在举行什么“换班守值”的工作。

咦！很可怪哪！这个时候，别的乌鸦都已归了巢，而这两个小东西，为什么会例外地放弃着它们应有的休息，而流浪在外面？难道说：它们也在它们的亭子楼头，受到了二房东的气了吗？

“嘘！你们这些臭嘴的乌鸦，哇哇哇！讨厌！”一个清脆的娇嗔，再度浮上了这大侦探的耳边。可是随着这幻觉而来的并不是先前那种轻松的回忆，而却是一种很奇诡的意念——月光之下，他急忙举起他的视线，飞掠到那条煤屑走道左侧的墙垣之下——前面说过的：那里的一隅，堆着竹帚与泥铲，还有一些别的东西。

他的锐利的目光在那堆杂物上面掠了一下。立刻，他又很匆骤地奔向居中那株较高的银杏树下，俯身察看树下的泥土。这时候，当空虽有澄明的月色，可是，被当头披离的枝叶所掩蔽，地下铺满了一大片漆黑的剪影，再也看不到什么东西。于是，他再奔向他的那辆停放着的自备车边，取下了他那盏手电灯，重复回身走到树下，借着这强烈的手电灯光，低头细细察视。果然，这里至少已有些可注意的东西，被他轻轻地发现了！

在那温软的泥地上，他找到了两个比纸烟听子略大的圆印，这两个圆印，成一平行线，其间的距离，约有一尺多阔。而这圆印和居中那株银杏树，却有近三尺的距离。

（这里，请读者们试猜一下，这两个圆印，却是什么东西所留下的印边呢？）

当这大侦探进行他这神奇的侦察时，哇哇，当头又是两声飞叫。

大侦探高兴地抬起头来，向这飞鸣于月光下的乌鸦招呼着说：

“啊！多谢你的报告，现在，我完全明白了！”

一面，他又喃喃自语似的说：“可怜的小东西，耐心些，让我解放你们！”

喂！他明白了什么事呢？还有这树头的乌鸦，它们遭遇到了何种的不幸，而需要他的解放呢？不错，以上的问题，的确是需要加以说明。

原来，因这神秘的鸦鸣，却使他迅速地记起了以前所听到的关于乌鸦的一些故事；这小小的生物，有几种习性，确乎是相当有趣的——

其一，记得有人说起：这种“其貌不扬”的小动物，它们具有一种聪明而机警的习惯，当大队的鸦群，飞向郊野中去觅食时，内中必有一头乌鸦，单独栖在前方，充当巡察的前哨。逢到有什么敌人，要向它们进行什么“恐怖”的动作时，这一头机警的前哨，便会

"哇!"的一声,吹起它的天然的警笛,而使它的大批的同伴,预先获得防备——即逃跑——的机会。

呵!这是一种非常聪明的方法哪!想不到远在人类发明自警团的聪明方法之前,这些小小生物们,居然早已实施了这种伟大可爱的制度!那真足以使自命为万物之灵的人类,想想有些自觉惭愧的!

此外,还有咧!

其二,乌鸦除了上述的机警习性之外,很不幸的,它们还有一种胆小的脾气,就是每逢它们归巢之际,它们一看到家内有了不论什么大小的东西,便会吓得不敢归家,而只在树头飞鸣盘旋。据说:住在乡下的那些顽劣的孩子们,他们常常爬上树头,实施这种残酷的试验,他们只要把一些砖块或者蛋壳之类,放进了乌鸦的公馆,于是,那些可怜的小生物,便会受到严重的麻烦。

这些小生物,为什么会养成这种胆怯的习性呢?依据笔者的推想:也许,它们的巢穴里,曾经发生过"定时炸弹"之类的东西吧?以上这种聪明的推想,读者们也许是同意的?

当时,大侦探所想到的,便是这些乌鸦们的第二种习性。

而眼前,这树头上的两头可怜的小生物,不是正有着这种不敢归家的可疑状态吗?那么,他们的巢内,不是已被人家借作囤积私货的栈房了吗？这样一想，这事情几乎完全明白了。

而最显著的证据，在这巨树之下，不是清清楚楚，还留着两个竹梯所留的圆印吗？

大侦探又很聪明地想：还有一件事情非常显明，那个狡猾的老狐狸，最初，他一定曾把这个信封，在那画架背后隐藏过。后来因为感到不妥，所以才想迁地为良，而在当时，他又一定因为看到那幅“图画中的乌鸦”，方始触动了他的藏进鸦巢中的意念。关于这种推测，那也似乎很合乎逻辑咧。

在这以后的几分钟内，这聪明而神秘的大侦探，他已很容易地进行了他所必须进行的事，并且，他也很容易地，取获了他所必须取得的东西。——读者们是很细心的，你们当然记得，在那围墙的一隅间，堆置着些泥铲、竹帚与巨剪，那里不是还有一架高高的竹梯，现成横在墙垣之下吗？

似乎由于宿命的注定：那宾主二人不会再有二度握手的机会，当那红领带的大侦探吹着口哨跳上车子还不满五分钟，那只老狐狸，却带着满腹的困扰回来了。他这一次外出，在一去一来的遥远的路途——自地丰路的三杏别墅赶到威海卫路××中学，复从××中学赶回三杏别墅——中，却已费去了他九十分钟以上的时间。

在回家的路上，他的心头忐忑不宁。他觉得这里面，必已出了一些什么新鲜岔子。至此，他对于那个自称为是大侦探的霍桑的家伙，越想越觉可疑！原来，刚才那个沙哑的声气，所谓××中学的舍监，在电话里向他说：他的儿子姚小雄，突然患了急症，情势相当严重，要他即刻到学校里去看看。不料，他急匆匆地赶到××中学，方知完全没有那么一回事，其时，他的十四岁的完健的儿子，正在自修课上和一个同学打架。那小英雄伸出了他小小的一拳，却把一个年龄较长的同学，打得满脸青肿。这勇敢的孩子，正自噘起小嘴，准备接受教师们请"吃大菜"的光荣请柬咧。

老家伙问明情由，就觉事情不妙！他不及多说话，急急跳上车子，吩咐车夫飞速赶回。路上，他已想到那个可疑的侦探，就是那个"耳上挂商标"的家伙。他想，如果所疑不错，那么自己分明已中了人家调虎离山的妙计。

他越想越觉恐慌！可是，他还自己安慰自己，那个淡蓝色的信封，收藏相当严密，或许不会出什么乱子，况且他又想起：他曾注意那人的耳朵，并没有什么可疑的记识，也许是自己有些神经过敏那也说不定。

但是如此，他一想到电话中的恶作剧的玩笑，他的一颗心，却按捺不住地非常慌张。

回到三杏别墅，一足刚跨进门，他带着喘息向那年轻的男仆发问：

“喂！宝生，有什么人来过吗？”

“有的。就是那位霍桑先生。”仆人以最恭敬的声调，报出了那位大侦探的名字。

“他——他重新又来过吗？你——你让他进来吗？”

“他说是您叫他来的。”仆人擎视着他主人的患着急症似的面色，嗫嚅地回言。

“他——曾取去什么东西吗？”他的虚怯而着忙的语声。

“没有。”仆人说，“他有一件东西，留在这里。”

“有一件东西，留在这里了？”他又困惑了。

“是一个狭长的油纸包，放在写字台上。”

“油纸包？”他说了三个字，一手推开了仆役。他以消防队员出发救火时的姿势，抢进那间屋子。只见在那钢质的写字台上，有一个狭长扁形的纸包，赫然映上了他的眼膜，这正是今天早上差遣开了仆役偷偷爬上银杏树顶而亲自把它寄在鸦巢内的东西。

纸里的式样，似乎原封未动，只是在扎成十字形的麻线下，嵌着一张洁白的卡片，上面用钢笔潦草地写着四个字：

“蔺相如留！这是什么意思？”在一秒钟内，立刻，已醒悟：“啊，蔺相如！这不是当初表演‘完璧归赵’的家伙吗？”

他的手腕有些震颤，他的脸部有些热辣，他的心头有点刺痛！至此，他不再需要拆开这外层的油纸，十分之九他已看到这纸里面裹的是什么东西——也像前文那个红领带的家伙，不等他的同伴报告下文，而早已预料到那个蓝信封中不是真的信件一样。

但虽如此，他终于把这纸包匆忙地拆开。不出所料！在这原式未改的纸包里，赫然显露了隔日在路上被劫夺的那个蓝色信封；里面，不用说，正藏着那大半张“原璧归赵”的旧《申报》！

一个重大的霹雳，打在这千年老狐狸的头上，使他完全感到了呆怔。好半晌，他把卡片翻过来看，只见背面两个细小的宋体，赫然印着大侦探的伟大的名字。

一种无可形容的忧愤，使他怒发冲冠！他跳起来猛拍着桌子，喘息着怒吼：“嘿？霍桑？倒运的恶鬼，我中计了！”

正当这老家伙独自暴跳如雷的时候，有两个流线形的车轮，在静安寺路灯影之下疾转。车上的人，正是那个具有神秘性的红领带的家伙。

车子驶过大新公司门口，那座巍然的巨厦，早已静悄悄地拉下了它的垂帘形的铁门。这时，几个红嘴唇的小姑娘的影子，又在这车上人的脑内轻轻掠过。于是他想："无论如何，今天下午，几瓶橘汁的代价，总算没有白费。那么，自己可能凭着一种'长辈'——如义父之类——的资格，买些小小的礼物，送给那些天真有趣的姑娘吗?"

当他这样想时，偶一分神，他的车头一偏，那邓禄普胎的前轮，几乎和道旁的一支电线杆，接到一个热吻!

图书在版编目(CIP)数据

博物院的秘密 / 孙了红著. -- 北京 :中国文史出版社,2021.7

(孙了红侦探小说系列)

ISBN 978-7-5205-2473-5

Ⅰ. ①博… Ⅱ. ①孙… Ⅲ. ①中篇小说-小说集-中国-当代②短篇小说-小说集-中国-当代 Ⅳ. ①I247.7

中国版本图书馆 CIP 数据核字(2020)第 270229 号

整　　理：清寒树　旷　野
责任编辑：薛媛媛

出版发行：中国文史出版社
社　　址：北京市海淀区西八里庄路 69 号院　邮编：100142
电　　话：010-81136606　81136602　81136603（发行部）
传　　真：010-81136655
印　　装：北京新华印刷有限公司
经　　销：全国新华书店
开　　本：720×1020　1/16
印　　张：17　　　字数：134 千字
版　　次：2021 年 7 月第 1 版
印　　次：2021 年 7 月第 1 次印刷
定　　价：59.80 元